Útek z mesta

ĎALŠIE TITULY
OD MIROSLAVA HALÁSA

Krajina vzdialených čajok
Tichý hlas
Rozhovory v bráne
Architekt

Miroslav Halás

Copyright © 2010 Miroslav Halás
Všetky práva vyhradené

Obálka a grafická úprava
Miroslav Halás, Jr.

www.rk93.com
www.miroslavhalas.com

ISBN: 1453671773
EAN-13: 9781453671771

Keď vás budú prenasledovať v jednom meste, utekajte do iného...
—MATÚŠ 10,23

Zober svoj batoh zo zeme, ty, ktorá bývaš v obliehanom meste!
—JEREMIÁŠ 10,17

PROLÓG

Televízne štúdio.
Kamera - zažne sa červené svetlo.
Záznam.

REDAKTOR
Vážení televízni diváci, dnes večer začíname vysielať cyklus rozhovorov *Útek z mesta* alebo *Súd v bráne*. Naším hosťom bude autor rovnomennej knihy, ktorá už niekoľko dní po vydaní vyvolala množstvo kontroverzných reakcií. Vítam vás v štúdiu, a hneď na úvod otázka: čo je témou vašej knihy, prípadne, pokúsme sa o krátky exkurz toho, čo tvorí jej príbeh a jeho podstatou.

SPISOVATEĽ
Áno.

(krátka pauza)
Kto bol prenasledovaný pre svoju kresťanskú vieru, ten vie, čo je to okraj spoločnosti a ako vyzerá. Pozná jeho mapu i terén. Aký dej sa tam odohráva? V tomto

konkrétnom prípade je v strede pozornosti dcéra protagonistu môjho bizarného príbehu, a to ako plod chorej spoločnosti. Trpí na útlak, ktorý sa v našej dobe objavuje ako nový fenomén: je to „drviaci stroj kybernetického jazyka". Jej otec je „človek, ktorý píše, uvažuje a odváži sa nahlas premýšľať". Môžeme povedať, že je to spisovateľ, ak sa pritom dokážeme zbaviť elitárskeho dôrazu. Otázka znie: O čom ten človek v daných podmienkach, okolnostiach a v uvedenom probléme musí premýšľať? Čo je povinný zo všetkých strán komplexne zvážiť? V tomto procese neľahkého zápasu dochádza k zaujímavému poznatku: sme gumové figuríny. V očiach sveta. Sme neskutoční, kým svet má reálnu moc, deklarovanú železobetónovou hradbou inštitútov a inštitúcií. Bizarné je, ak tieto fakty prevedieme do skutočnosti v rudimentárnej, hmotnej podobe, ak ich nevnímame len v podobe ideologických, politických či kresťanských kategórií, ale ak tie kategórie zrazu reprezentujú aj adresne viditeľní, skutoční ľudia v celej nahote svojej strojovej agresivity.

Tu, v tomto zmysle a v tejto podobe, sa spisovateľova dcéra stáva rukojemníčkou *kráľa s goliášovským mečom*. Bude ju kŕmiť podľa svojej vôle, použije jej danosti, talent, na svoje účely. Ale, tak ako to býva už v rozprávkach, je to i v skutočnosti: únikové dvere dobre stráženého paláca jej môže otvoriť iba hlúpy Jano alebo Kubo. Veľká moc padá na veľkej jednoduchosti. Kameň praská pod kvapkou, ktorá sa nespreneverila svojmu poslaniu, i keď je malá a takmer bez váhy.

Uvedomme si však, že nikto z prenasledovaných nie je hrdinom: každý potrebuje denne počuť pieseň odvahy. Každý z nás je závislý na hudbe, ktorá povzbudzuje srdce. Ak tej hudbe, ak tomu hudobníkovi, ak Bohu dokážeme vyrozprávať svoj príbeh trpkosti ako bolesť, nie ako príbeh s pointou pomsty, potom sa k nám Boh zvláštnym spôsobom prizná. Naše oči plačú. Sme naozaj len handrové bábiky, iba figuríny, ktoré môže každý počmárať? Obkľúčili nás padlí anjeli. Kto sa im môže vzoprieť a ako? Aké slovo môže preraziť každý kruh krivdy?

V momente pravdy, keď viete, čo chcete a musíte vysloviť, keď ste povinný pomenovať stav spoločnosti, národa, štátu, cirkvi atakďalej, sa zvyčajne udeje mimoriadna vec: zbadáte, že máte hlavu somára a vaša manželka, povedzme, má hlavu psa.

A vy sa pýtate: *Máte šancu takto niekoho osloviť?* Má zmysel hľadať výraz slova tam, kde ste len *programovaným zvieraťom?* Kde vaša reč pod tlakom nových inštitúcií musí byť v zhode s univerzálnym, kybernetickým jazykom kybernetickej spoločnosti?

To schladzuje. Oberá o sily, o odvahu konať v mene práva vždy a za každých okolností. Vo vašom byte je ľad. Chlad. Strach. Ako žiť? Ísť dopredu nemožno - a vrátiť sa? Nestratíme práve v tej chvíli tvár, ktorú, aj keď nás okolie presviedča, že chodíme po uliciach s programovanou hlavou somára a psa, ešte stále máme?

Takže: kto môže vyriešiť váš problém? Problém útlaku slabého? Nebojujete o seba - zápasíte o tvár dieťaťa, ktorú zneužitá moc stlačila medze mreže. Idete za právnikmi, hovoríte s bezpečnými kresťanmi, spoliehate sa na zákony, na inštitúcie pozemského i cirkevného, a nakoniec i kresťanského práva, delegovaného do rúk kresťanských funkcionárov.

Výsledok?

Čiastočne vám to objasní Tvorivý pôvab Umelca, ktorý hľadá vnútornú pravdu s nasadením celej duše. Ten vám povie, o čo ide: vaša dcéra je v pazúroch kybernetickej šifry zla práve tam, kde dúfala v svit pravého svetla pokoja... Nuž, ak bojuje s takouto silou - môže vôbec zvíťaziť? Samozrejme. Víťazstvo je v Agapé - a Agapé je stolom lásky s rybou a horkými bylinami a vínom. Agapé je Kristus v nás a medzi nami. Je to Hostina. Tu však preráža iný druh hostín - svietia na ne okná bánk. Okná mocných ekonomických, politických, cirkevných i mediálnych inštitúcií. To je pre kráľovstvo sveta signifikantné: ak máte schvaľujúce pečiatky bánk, štátnych úradov, cirkevných i štátnych škôl, len vtedy ste správne signovaným človekom. Dobrým číslom. Povedľa toho - ako som povedal: žijete len na okraji spoločnosti, iba v teréne, ktorého drsnosť nemôže, ba nie je ochotný poznať ten, kto každé ráno prichádza ku svojmu mocensky zabezpečenému kreslu.

Práve z tohto kresla však jedného dňa zaznie nápis: Mené mené tekél ufarsín. Boli ste zvážení, a boli ste nájdení ako nedostatoční.

Z tohto pohľadu musím povedať, že na záhadnú šifru kybernetickej, strojovej otravy trpí celé ľudstvo. Čo z bleskových mediálnych inštrukcií zje, to mu nie je na prospech. Je to len bizarná hra na kráľovské brány a kráľovské domy.

Môj protagonista je človek zápasiaci, je to dokonca človek vzbury a nenávisti, hnevu a túžby po odplate. Ale, a to je podstatné, je to súčasne človek, ktorý v tom nadľudskom zápase víťazí ako Jákob pri potoku Jabbok. Prijíma totiž rozhodnutie súdu v bráne, ktorou je - pre Jákoba ešte len v budúcnosti – Kristova tvár a Kristov kríž. V tejto bráne a za ňou sa už nebojuje mečom z kovu. V tejto bráne prijíma iný, spravodlivejší meč. Je to meč Slova, meč Ducha. Je to súd i milosť, je to pokoj v skutočnom práve, do ktorého sa z vlastných zdrojov nemôže pretransformovať nijaká ľudská múdrosť.

REDAKTOR
„Nemožno poprieť, že z určitého hľadiska je to kniha autobiografická, ktorú by sme možno v podtitule mohli nazvať Autobiografiou citu alebo duše a ducha, každopádne, zápas protagonistu, človeka, ako ste povedali, ktorý premýšľa, píše, uvažuje a robí rozhodnutia v mene práva, je a bol aj vaším osobným zápasom. V tomto zmysle ma zaujíma: Postavil sa za vás niekto? Pomohol vám? Pridal sa k vám?"

SPISOVATEĽ
Ľudia vo funkčnom sociálnom postavení sú často predajní. Všetci vieme, že v štáte rozhoduje ekonomická a náboženská politika. Zjednodušene povedané: Všade chce mať rozhodujúce tlačidlá pod bruškami prstov takmer mytologická Moc peňazí, Moc politiky a Moc náboženstva.

REDAKTOR
„Vnímali ste svoje úsilie ako márne? Idealistické? Iluzórne?"

SPISOVATEĽ
Biblia má na to jednoduchú výzvu: Ži v mene Ježiša Krista. V mene Božom. Stala sa z toho fráza. Ako napísal Werfel v Jeremiášovi. Ľudský jazyk veci zastiera. Je to v jeho povahe. Božia reč veci osvetľuje. Je to zasa v jej

povahe. Ide o to, pre ktorú reč sa rozhodneme. Kríza je v tom, že aj cirkev sa vo väčšine prípadov rozhoduje pre ľudskú reč, samozrejme, s manifestačným akcentom Božej reči.

REDAKTOR
„Na vašu izoláciu použili určité sily hrubú moc...môžeme to tak povedať?"

SPISOVATEĽ
Spolupráca medzi inštitučnou mocou cirkvi alebo náboženstva a sociálnou mafiou je občas skutočne faktom. Nefunguje však vždy podľa plánu. Aj medzi zločincami existujú ľudia, ktorí...povedzme to tak: chcú počuť pravdu a koketujú s myšlienkou aspoň raz v živote sa podľa nej zachovať. Chcú to skúsiť. Tušia v tom možnosť existencie nového sveta. Násilie zatvára oči, ale nie úplne. Vždy je tu Božie svetlo. Pravda, človek sa môže rozhodnúť a pribuchnúť pred ním dvere. Vulgárne, rezolútne, jednoznačne.

REDAKTOR
„Pokúšali ste sa o komunikáciu s kultúrnou elitou. Hľadali ste tam pomoc."

SPISOVATEĽ
Chcel som, aby mi pomohli otvoriť priestor pre otvorené rozhovory. Bola to ilúzia. Vždy sú tu silné záujmové skupiny, ktoré vám v tom budú brániť. Teda: aj vám, samozrejme.

ÚTEK Z MESTA

REDAKTOR
„Máte skutočne odvahu postaviť sa proti akejsi *mytologickej Moci v krajine?* Aj keď viete, že cirkevná moc je spojená s politickou a tá zasa s ekonomickou loby?"

SPISOVATEĽ
Pozrite sa - Herodes a Pontský Pilát sa spikli s celým izraelským ľudom proti Pomazanému. Proti tomu, ktorého meno je Immanuel, Boh s nami. To je fakt. Satan na púšti pokúšal Ježiša práve v tomto smere: aby sa pridal na stranu moci, peňazí, kráľovstiev, na stranu tých, ktorí magicky premieňajú kamene na chleby. Tu myslím na náboženstvo, ktoré vyrába kresťanov na automatickom páse v spektre rituálov a liturgických obradov. Ale byť Božím, to neznamená účelovo sa chytiť rohov oltára, to neznamená žiť v bezpečnom azyle. Naopak, znamená to byť na ceste kríža - s Pomazaným na smrť, s Immanuelom, ktorý bol potom vzkriesený. Potom, čo sa pustil do odvážneho činu, ktorý nám pripravuje zjavené Slovo.

REDAKTOR
„Chcete tak žiť? V konečnom dôsledku sa toho predsa bojíte."

SPISOVATEĽ
Áno - ide však o to, nedržať sa kŕčovito vlastného zabezpečenia, svojho pasívneho, alibistického skutku, a - ako som už povedal - pustiť sa do odvážneho Božieho činu. Kierkegaard to nazval „skok viery". Ja v tomto zmysle nechcem v prvom rade meditovať, ale žiť. Napokon, práve Soren Kierkegaard o nevyhnutnosti takého činu a jeho primárnosti pred stavom a procesom

meditácie hovorí v eseji „Súčasnosť". Ľudia sa však nerozhodujú, ale skôr váhajú a premýšľajú v okruhu svojho váhania o užitočnosti Božej paradoxnej cesty medzi nami, až sa jej napokon vzdávajú. Práve liturgia a rituály niekedy váhanie kodifikujú ako prijateľný status. Status quo.

REDAKTOR
„Ako je to s vaším písaním? V tejto oblasti máte veľké problémy."

SPISOVATEĽ
Kladiem si otázku, či to, čo píšem, je pre vyhrotenosť mojich postojov bezpečne publikovateľné. V mojich hrách, poviedkach a esejach nechcem hovoriť o retušovanom obraze štátu, cirkvi a ich lobistických pozadí, ale o chorobe ich očí a tvárí. Každopádne, zaujíma ma uzdravený človek. Človek však, také sú modelové zvody, nemá byť uzdravený zo všetkých svojich chorôb len v zvrchovanom mene Ježiša Krista, ale vždy aj, a *neraz najmä*, menom cirkvi, štátu a menom ekonomiky. V tom je problém a tu vzniká konflikt.

REDAKTOR
„Nebolo by jednoduchšie, keby ste, ako vy vravíte, meno Ježiša Krista *podriadili menu cirkvi*? Ak by ostal v jej rukách, zrejme by bolo všetko v poriadku."

SPISOVATEĽ
Áno, to je pravda. Preto ma cesta, po ktorej idem, samého ľaká. Žijem v stresoch, obavách, v strachu. A najmä s myšlienkou, že v takto naladenom prostredí sa človek nemôže medzi ľuďmi spoločensky prezentovať.

ÚTEK Z MESTA

Inak povedané: nedovolia vám verejne vyjadriť váš postoj bez posmechu a bez postihu. Ale, ako bedákal už Jeremiáš: „Hľa, úzkostlivý som - a musím sa prieť s kráľmi a s kňazmi... Hľa, osamelý som - a musím sa vmiesiť medzi ľud..."

REDAKTOR
„Má vaše úsilie nejakú šancu na úspech?"

SPISOVATEĽ
Má ho v tom, že tieto moje zápasy a prehry v ťažkom a nehostinnom, nepriateľskom prostredí mi môžu prečistiť myšlienky a slová, môžu mi vyladiť myseľ, ak z cesty, po ktorej mám kráčať, ako ma už dávno nabáda žalmista v 32. žalme, nezídem. Potom človeka, ktorého mi Kristus pripravil „na stretnutie", neminiem. Rozhovor, ktorý sa medzi nami cez takýto oheň odohrá, je rozhovorom činu: sú to slová, ktoré žijú v okruhu Slova. A z neho potom čerpáme esenciu na život. My, konkrétni, všední ľudia ju čerpáme: na život v Pravde.

Koniec záznamu.
Červené svetlo kamery zhasne.

REDAKTOR
Ďakujem. Po krátkej pauze nahráme vaše prvé osobné vyznanie.
Môžeme? *(pauza)* Nech sa páči!

Červené svetlo kamery sa rozsvieti.
Záznam beží.

SPISOVATEĽ
Nebol som vždy *provokatívnym kresťanom*. Dlhý čas som sa riadne zúčastňoval verejných, oficiálnych bohoslužieb. Dodržiaval som zásady kresťanského spoločenstva a jeho zvyklosti. Ctil som si rituál i liturgiu.

Časom som však zistil, že cirkev má radšej sociálnu charitu, ako uplatnenie moci Božieho Slova. Sociálna charita je viditeľná, možno ju ovládať, vlastniť, možno ňou disponovať. Ale človek, ktorému ju v okruhu cirkvi ponúkame, berie náhradné veci tam, kde mal dostať pravé jadro skutočnej pomoci. Božie Slovo však neprináša okamžité víťazstvo. Často je neviditeľné a málo zreteľné pre navyknuté pochody ľudského rozumu. Preto sa samotná cirkev často Božieho Slova, ktoré jej neprináša nijakú slávu, moc a prevahu v okolitom svete, zrieka. Volí si radšej iný program. Program, do ktorého komponuje meno Ježiša Krista podľa vlastnej vôle.

Do tohto cirkevného programu je vtiahnutý každý, kto do okruhu cirkvi ako inštitúcie vstupuje. A núdzny človek ani neočakáva iné: svoju ruku s prosbou o pomoc vystiera práve tak, ako ho to naučili. Pýtaj si v prvom rade oporu pre svoj pozemský život. Opri sa o to, o čo sa opiera celý systém sveta, vypracovaný najlepšími ľudskými mozgami. Jeho podstata spočíva na výmene, na výmennom obchode, kurze. A symbol výmeny sú peniaze. Ja ti dám svoju bezmocnosť a ty mi daj súcit - povedzme aj vo forme peňazí. Toto však musí byť preťaté. Tieto opory sa musia stratiť. Musia opustiť miesto, ktoré im nepatrí - miesto v okruhu cirkvi, miesto v blízkosti Krásnej brány. To je charakter môjho úsilia.

V čom spočíva? V ochote pozrieť sa na človeka, nech je akýkoľvek. V ochote pozrieť sa na núdzneho a zapamätať si ho. Najprv jeho v jeho jedinečnosti, ktorého jednotlivý život stojí za to, a potom problém, v ktorom žije. Štát nikdy nemá čas na „jedného človeka", má však čas na všetkých ľudí, a to na základe všeobecne vypracovaného systému sociálnej pomoci. Cirkev však musí mať čas „na jedného". Vždy. V cirkvi je totiž prinajmenej toľko ľudí bez núdze, koľko je v nej núdznych - a to nielen pokiaľ ide o materiálne záležitosti. Preto sa má cirkev starať o každého jednotlivo. Biblický jazyk to vyjadruje výzvou: natierajte chorým rany olejom, obväzujte ich. Olej je symbol Božieho Ducha. To znamená: natierajte im tie rany pravdivo, z hĺbky svojho srdca, kde ste začali milovať tých, ktorých vy sami vo svojej ľudskej prirodzenosti milovať nikdy nemôžete. Takýmto spôsobom „upreli svoj zrak" na chromého pri Krásnej bráne Peter a Ján.

Ale aj chorý a chromý má tu nezanedbateľnú povinnosť. Počuje: Pozri na nás! Nech tvoj pohľad nie je rozptýlený, unavený, apatický, ľahostajný, nezáväzný. Nemysli si, že ty nič nemôžeš a nemusíš. Naopak: Ty sa máš správne a zodpovedne dívať - v smere, ktorý máš hľadať ako smer Pravdy a života. Ty máš povinnosť, aj keď si chromý, rozumieť životu. Ba dokonca, práve preto si chromý, aby si neutekal za svojimi podružnými cieľmi, ale chápal ten hlavný a rozhodujúci. A tým cieľom je Ježiš a Jeho Slovo ako výzva. Poď za mnou! Tam, kam idem ja, je pravda a život - kráča sa k nej však len po ceste spasenia, ktoré nemožno nikdy prijať ako značku na vlastnenie, ako emblém svätosti, ale iba ako priestor na kráčanie. A to kráčanie je „proces a dynamika života". V Biblii je to vyjadrené výzvou: v bázni konajte svoje spasenie. Spasenie je vždy sociálne činné, nikdy nie individuálne pasívne, ale: nie sociálne činné v mene cirkvi, štátu a ekonomickej loby, ale vždy iba v mene Krista. Ježiš, Jehošua, Boh je spása. Kristus: Pomazaný na uskutočnenie, stvorenie „skutkov spasenia". A potom opäť: Immanuel, Boh s nami v Kristu. Sme pomazaní, natretí olejom Pravdy Ducha Božieho práve pre schopnosť žiť aktívne a dynamicky práve takéto spasenie. V „systéme programu" Ježiš. V Jeho mene. V Jeho oslovení, v Jeho každodennom obživení pre čin v smere života, ktorého hodnoty nezanikajú anonymne v hĺbke čierneho vesmíru, ale objavia sa v Božom poriadku v svetle miesta, ktoré nám pripravil na nekončiace sa vzájomné spolužitie. Na *mimoriadny komunizmus*, ktorý sa nedá uskutočniť na zemi. Na vzájomné spoločenstvo, ktoré k sebe viaže Boh-Láska. Ale pozor! Nie láska je Boh, ale: Boh je Láska. A charakter Božej lásky je spojený vždy s pravdou, vyjadrenou dvojprikázaním lásky: Miluj Boha a miluj blížneho ako seba samého. V tejto výzve je veľký proces celovesmírneho pohybu.

Týmto smerom chcem vyzývať ľudí k pohybu. Človek má právo a môže vstať - nemusí sa držať svojej pasivity a účelovej podriadenosti pred kýmsi mocným. Štrukturálna podriadenosť nesmie fungovať v ľudskej spoločnosti ako zákon, ale len ako „pravidlo pre slobodný pohyb". Pravidlo, ktoré má zabezpečiť každému voľný pohyb v smere a po ceste, ktorú pred nami otvára život, jeho možnosti. To je podchytené v ľudských právach. A toto pravidlo ako pravidlo jestvuje len preto, aby nás chránilo pred zrážkami a neslobodou, pred každým zotročením a odľudštením. Zákon v podaní mŕtvej litery a mŕtveho čísla je kybernetický automat, ktorý plodí figuríny - láska je tvarovanie človeka v slobode.

    Mojím zámerom je teda chytiť ruku človeka, ktorú má pripravenú na požehnanie, a požehnanie pre ňu podporiť. Pozdvihnúť ju. Opakom je „pravú ruku človeka" nevnímať - pohŕdať ňou, závidieť jej dar, ktorý do nej nielen môže, ale má byť vložený. Ľudia pri nás mocnejú vtedy, ak im prajeme. Keď ich povzbudzujeme. Keď im pomáhame otvoriť bránu tam, kam majú právo vojsť. Preto keď Kristus vraví: Ja som dvere, hovorí - prišiel som na zem medzi vás, aby som každému otvoril cestu a bránu k Otcovi. K trónu Jeho milosti. Keď Kristus svojou smrťou na kríži za hriešneho človeka otvára túto bránu aj najpodceňovanejšiemu ľudskému tvorovi - kto ju má právo pred ním zavrieť?

    Tu už ide o duchovné pozdvihnutie človeka. O jeho zmocnenie v Bohu, v moci Ducha. Toto znamená obraz, ktorý vraví, že zosilneli človeku „kĺby", „zmocneli mu nohy". Už je človekom, ktorý stojí, ktorý je vertikálne zameraný. Ktorý sa nedvíha zo zeme preto, lebo sám zmocnel, ale preto, lebo bol na to uschopnený - a to vďaka krížu.

    V tejto chvíli má takýto človek právo na nekodifikovanú radosť v chráme. Smie ukázať Bohu i všetkému ľudu slobodu v mene Božom. Vystupuje z Božieho Slova ako z mŕtvej litery a necháva sa strhnúť do tanca, pohybu a potlesku živou Božou plnosťou - už nie slovo rozbité do zväzujúcich štruktúr v izolovaných literách a číslach, ale slovo ako život v pohybe a slobode. Údolie suchých kostí už nie je posiate mŕtvymi literami, ale zvučia v ňom tváre, na ktoré padlo Božie oslobodzujúce svetlo. Koľkí kresťania sa združili práve preto do Apoštolskej cirkvi, ktorá patrí vo svete v súčasnosti medzi najmladšie kresťanské zhromaždenia! Koľkí sa s potešením pridávajú v Amerike k tancujúcim a tlieskajúcim černochom! A koľkí si pritom radosť z takéhoto duševného nadšenia napokon mýlia s podstatou Božej radosti? Tá ostáva vždy len v slobode ako Božom dare a v živom Bohu ako Osobe, ktorá nás miluje, a nikdy nie v kvalite živých prejavov človeka alebo v ich novom inštitucionalizovaní.

V tej chvíli však preniká do cirkvi svetlo a v ňom aj pravda o nepružnosti liturgie, v ktorej sa dnešné Slovo Boha živého stráca. Stĺpy cirkvi ako autority sú otrasené. V jej centre sa je slabý a nevýznamný človek často iba v pozícii žobráka blízko Krásnej brány, ale Božia vôľa je, aby sa pre nás stal človekom v centre Jeho mocného činu. Zrazu – a práve! – pri bezmocnom človeku možno vidieť Božiu slobodnú ruku milosti, nad ktorou sa vznáša nie kamenný výrok mŕtvej litery a tyranie čísla, ale Slovo, premietnuté do užasnutých ľudských očí a uší ako Slovo prítomné v najslabšom.

Tak sa ľud začne opäť koncentrovať na fakt Božej aktuálne zjavenej prítomnosti, ktorá sa priznáva k obyčajnému žobrákovi ako k bohatému svedkovi o Bohu ako Láske.

Kto by však v takej chvíli mohol chváliť žobráka a kanonizovať ho do stavu nejakej ľudskej výnimočnosti?

Ani duchovne i telesne uzdravený žobrák, ani vtedajší učeníci, a rovnako ani tí dnešní, ktorí Krista stretávajú a sú Jeho autoritou zmocnení do služby lásky, nič z ľudského oslavovania neprijímajú.

"Mužovia izraelskí," prehovoril Peter v sieni Šalamúnovej , "čo sa divíte tomuto? Alebo čo hľadíte na nás tak uprene, akoby sme svojou silou alebo zbožnosťou boli spôsobili, že chodí! Boh Abrahámov, Izákov, Jákobov, Boh našich otcov oslávil svojho Služobníka Ježiša, ktorého ste vy vydali a zapreli pred Pilátom, keď Pilát usúdil, že ho treba prepustiť. Vy ste zapreli toho Svätého a Spravodlivého a vyžiadali si ako milosť muža-vraha, ale zamordovali ste Vodcu života, ktorého Boh vzkriesil z mŕtvych. A my sme svedkami toho. A teraz pre vieru v Jeho meno prinavrátilo Jeho meno silu tomu, ktorého vidíte a znáte, a viera, ktorá je skrze Neho, dala mu toto úplné zdravie pred tvárou všetkých vás." (Skutky apoštolov 3, 12-16).

Čo však z toho vyplýva? To, že v cirkvi počas zjavenia Božieho Slova a Jeho uplatnenia v najmenšom z ľudí nastáva vždy otras. Raz želaný, inokedy - poburujúci a odmietaný.

Áno, vždy tu budú aj pokusy meno Ježiš uväzniť do hraníc „nášho cirkevného ja"...

„Keď (Peter a Ján) hovorili ľudu, pristúpili k nim kňazi a veliteľ chrámovej stráže a sadukaji, ktorí sa hnevali, že učili ľud a zvestovali vzkriesenie z mŕtvych v Ježišovi. I položili ruky na nich a vsadili ich do väzenia do druhého dňa, keďže bol už večer." (Skutky apoštolov 4,1-3).

V tom je problém aj dnešného zvestovania vzkriesenia z mŕtvych v Ježišovi - v konflikte s podložím ľudských ideológií, ktoré mienia uchopiť ovocie poznania dobrého a zlého vždy len do vlastných rúk a iba do siete svojho systému a programu.

Meno vzkrieseného Ježiša tu bude preto vždy provokatívne, a provokatívnym sa ukáže najmä pre spoločnosť, poistenú iba svojimi sociálnymi a cirkevnými alebo politickými a ekonomickými výhodami.

PRVÁ KAPITOLA

R áno v „emocionálnom dramatickom priestore"...
Uvedený citát mám zo štúdie Ľubomíra Vajdičku, ktorá hovorí o „emocionálnom dramatickom priestore" v súvislosti s divadlom, s drámou na javisku.
Teraz na mojom javisku sedí právnička v sporo osvetlenej miestnosti, a vedľa nej zopár postáv v tme.
Vstáva muž.
Som to ja?
Muž si upraví biely šál, čierny kabát, potom otvorí pred tvárou, ktorá vyzerá ako tvár profesorky Boženy Komárkovej, koženú tašku, a vyberá z nej list. Položí ho na stôl. Posadí sa.

Právnička má zhrbenú tvár a jasné oči. Je v tom rozpor. V budove prokuratúry má prenajatú kanceláriu, poskytuje podobným úbožiakom, ako som ja, bezplatné právne poradenstvo.

Niekde vyšľahol plameň. Technik ho vymaľoval v umelom kozube.

Právnička si oprela bradu o ruky ako v časoch, keď jej po prvý raz dvoril neskorší manžel, hudobný virtuóz. Snívala.

Mladá adeptka výtvarnej akadémie ju skicovala vo „vypätej dramatickej akcii".

Alebo mňa? Nás oboch?

Rekvizitári začali nosiť do miestnosti voskové figuríny. Riaditeľku sakrálneho gymnázia, profesorku matematiky č.1, profesorku matematiky č.2, triednu profesorku, riaditeľa sekulárneho gymnázia.

„Stačí," pokynula právnička zhovievavo a rekvizitári odišli.

Niekoľko rúk v tme pred oponou rozpačito zatlieskalo.

Ozval sa šum.

Potom nástup hudby.

Právničkin dávno nebohý manžel dirigoval tieňový orchester.

V tej chvíli sa objavil na javisku v náhlej elipse svetla vládny orchester. *Pôsobil ako konglomerát politikov Európskej únie, ktorí si podávajú ruky s predstaviteľmi cirkví.*

Hudba doznievala, všetko v pásmach štafáže mizlo, ostal som opäť len ja a ona.

Odkiaľsi svietil medzi nami pás svetla ako v kine. Poletovali v ňom čiastočky prachu.

Právnička si zapálila cigaretu, dym sa miešal s prachom.

„Hovorte," povedala.

„Nespravodlivosť," naznačil som s úsmevom rukou.

„Kde je nespravodlivosť? Aká?" spozornela.

„Ubližujú mojím deťom," ukázal som na voskové figuríny, ktoré stáli na scéne pred oponou.

„Ľudia ľuďom ubližujú," prikývla právnička.

„Pochopte - môj syn trpel. Hádzala do neho kriedou," ukázal som na voskovú figurínu profesorky matematiky č.1. „Vylievala na neho špinu."

„Ako sa to prejavovalo? Vedrom? Alebo - z nejakej fľaše?"

„A ešte," pokračoval som, „položila pred neho Atlas živočíchov a - krúžkovala pred jeho očami zvieracie tváre."

Právnička vstala, ťarbavými krokmi podišla k tabuli, nakreslila na ňu budovu školy.

„Viete, koľko úsilia stálo robotníkov, teda našich socialistických stavbárov, kým postavili takúto budovu?"

„Už nie sme v socializme," povedal som.

„Ale zvyšky socializmu musíme brať stále do úvahy! Sú tu! Hlásia sa o slovo! Vypočujme ich!"

„Mňa," zbledol som, „nechcete vypočuť?"

„Už som vás počúvala. Nič nového ste mi nepovedali. Spravodlivosť neexistuje. Čo odo mňa vlastne chcete?"

Na čele jej navrela krivoľaká žila.

Za jej chrbtom sa rozožala veľká obrazovka.

Detail navretej žily starej právničky sa zväčšoval.

Pred obrazovkou stáli traja lekári v bielych plášťoch s ukazovadlami.

„Sú tu tri závažné skutočnosti," povedal prvý. „Naša právnička bola v období nášho socialistického zriadenia pracovníčkou Krajského výboru strany a každému chcela pomôcť. Kulaci však boli v päťdesiatych rokoch veľmi nebezpeční a ona v zápasoch o kulackú pôdu stratila zdravie."

"Druhou závažnou skutočnosťou je fakt," ozval sa druhý lekár s druhým ukazovadlom, „že v tomto obrodnom procese pochopila zvnútra význam kostolov a chrámov, ktorý jej vtedy, v časoch, keď bola sama klamaná lživou propagandou teoretikov nášho minulého socialistického zriadenia, nikto neobjasnil. Dokonca ani tajomník oblastného výboru strany nie. A môžem povedať, že reči o sexe na stole, blízko busty V.I.Lenina, sa nezakladajú na pravde."

"Treťou závažnou skutočnosťou je fakt, že v dnešnom období integrácie, keď strana a cirkev, keď štát a cirkev, keď moc a cirkev, keď moc legislatívna, a tiež výkonná a súdna, teda keď moc humanizmu a vlastenectva i cirkevného spolupôsobenia v tomto našom neveľkom európskom priestore, ktoré môžeme smelo nazvať aj srdce Európy, musí byť mocou globálne integrovanou, a nie inak! A tu záleží od každého z nás, aby sa díval v prvom rade na celok. Aby premýšľal globálne, videl globálne, cítil globálne, vnímal globálne, žil globálne..."

Právnička prikývla a pokojne sa oprela o chrbát kresla, na ktorom mala rozprestretú vlnu z ovce.

Potom si zapálila ďalšiu cigaretu a povedala: „Učitelia sú dnes vyťažení ľudia. Majú malý plat. Sú nervózni. Deti si musia zvyknúť. Inej cesty niet."

"Ak dovolíte," dvihol som ruku, „aj deti majú svoje práva! Sú zakotvené v Deklarácii práv dieťaťa ..."

Ale ona sa usmiala: „Na mňa idete s právom? Na právničku?"

„Vysvetlím vám to," vstal som a pokynul svojmu osobnému rekvizitárovi, aby priniesol veľký biely úlomok ľadu.

Ukázal som ho právničke i očiam v tme javiska pred oponou.

„Toto je ľad," povedal som. „Viem, že život okolo nás je ľad. Chápem to. Ale my, ľudia, oslovení Bohom, môžeme vedieť, spoznať, skúsiť a prežiť, že aj v ľade môže horieť oheň. Svetlo. Žiara. Spektrum farieb. I v rozbitých vzťahoch a v okolnostiach ťažkých ako Sizyfov kameň môže existovať štruktúra pravdy, práva a spravodlivosti, ak ju zapáli motív primeraného vzťahu k veciam, k ľuďom, k priateľom i nepriateľom, teda k celému nášmu okoliu, a najmä ku končinám, do ktorých nikdy nedovidíme a nevojdeme. Je tu totiž fakt, ktorý nesmieme prehliadnuť: „Na Božie dýchnutie tvorí sa ľad a šíra hladina vôd tuhne." (Jób 37,10).

Čo to znamená?

Iba to, že i ľad na Boží príkaz musí mať štruktúru - pravidlá vzťahov. Nič nie je ponechané na svojvoľnú bezbrehosť, ani vychladnutý cit nie. Ani zmrazené srdce nie. Boh ho mení na biele! Očisťuje ho - a do jeho chladu vdýchne dych Pravdy, aby sme mohli zazrieť, že aj totálne hriešny človek je pred mocou sebazáhuby, zúfalstva a čiernych myšlienok chránený štruktúrou svojej vnútornej krásy. Aj v zmrazenej pare je kryštalický tvar poézie a Božej lásky: snehová vločka. I v ľade, ktorý chce človeka oddeliť od človeka, je kryštál vnútorných zákonov života, nie smrti. Áno, ľad je zložený z väzieb, z pravidiel, ktoré môžu v Božom svetle zahorieť plameňom farieb! Oheň v ľade! Nepochopiteľné? Ale čo je zo spektra a uhla Božieho svetla nepochopiteľné a nemožné? Totiž ľad musí slúžiť Božiemu stvoriteľskému zámeru. „Z čieho lona vyšiel ľad a kto zrodil nebies inovať, keď voda tuhne na kameň a zaviera sa povrch hlbiny?" pýta sa Boh Jóba (Jób 38,29-30).

Cítite to? Lono a ľad! Aké paradoxy, a predsa - kto kráča po Božích mostoch, ten vie, že nič sa nevymklo Bohu z ruky. Preto každý chaos je iba zdanlivo triumfom tmy. Naopak, už v knihe Genesis je napísané: „Na počiatku stvoril Boh nebo a zem. Zem však bola beztvárna a pustá. Tma bola nad prahlbinou a Duch Boží vznášal sa nad vodami. Vtedy riekol Boh: Buď svetlo! A bolo svetlo." (Genesis, 1,1-3). Ale nielen to, pokračoval som a biely šál mi v prudkých gestách lietal okolo tela, vypočujme si aj ďalšie slová: „Boh videl, že svetlo je dobré. Vtedy Boh oddelil svetlo od tmy." (Genesis 1,4). V tomto zmysle musím povedať, že tmou by bolo, keby sme chválili štruktúru pre štruktúru! Keby sme chválili krásu symetrie pravdy a nie pravdu v symetrii! Áno, bolo by tmou, keby sme milovali ľad pre ľad, a nie pre priezračnosť a čistú viditeľnosť! Áno, bolo by tmou, keby sme zo štruktúry urobili zákon, ktorý by mal prioritu nad svetlom a prekonával by ho! Áno, bolo by tmou, keby pre nás nebolo podstatné svetlo, Boží dych a Božie lono, a lono Abrahámovo, ale len suchý oznam o Božom dychu, iba racionálny fakt Božieho lona, iba učenie o Abrahámovej viere, a nie náš osobný život v nej! A čo je v tom svetle, a kto je tým svetlom? Ten, ktorý je medzi Bohom a Zákonom a Zákonom a človekom – On, Boží Syn Ježiš Kristus ako Osoba! On, ktorý naplnil Zákon, je naším svetlom! Čo v Ňom máme? Dôveru v obnovených vzťahoch, pokoj v novej slobode a lásku v skutočnom práve. „Pre temnotu nič nemôžeme vykonať," čítame v Jóbovi (Jób 37,19), pre akcent suchého Zákona sa nikdy nemôžeme v skutočnej dôvere, v pravej slobode a v hlbokej láske pohnúť k človeku, ktorý k nám vystiera ruku s prosbou o pomoc.

Aká pýcha Rahaba, ak z úst najspravodlivejších ľudí počujeme: „Ja sa správam iba zákonne! Rovnako! Spravodlivo! Čestne!" Preto vás varujem, aby ste sa nedívali do tváre Zákona tak, akoby bol Vykupiteľom a Cestou plnej Pravdy - alebo sa niekto z ľudí domnieva, že sám seba smie do tejto polohy projektovať? Ak to robí, nuž sa podvodne vyhlasuje za Mesiáša! A klame seba i iných!"

V tej chvíli sa však ku mne napoly zákonne a napoly s láskou, napoly poeticky a napoly matematicky pohli figuríny z rohov javiska pred oponou a začali ma dusiť.

Váľali sme sa po čiernej zemi, po jej temnote.... Vosková figurína profesorky matematiky č.1 náhle skričala: „Nevedel vzorce! Váš syn nevedel po návrate z Ameriky vzorce, preto som mu pľuvla na ucho! Ale nereagoval, ani keď som mu povedala: *Ty teľa!"*

„V sline, ktorej vzorku sme na príkaz biskupa sakrálneho gymnázia odobrali, nebol žiaden vírus!" ozval sa lekár a rozvinul graf rozboru sliny, ale právnička ho zahriakla.

Druhá figurína s tvárou riaditeľky sakrálneho gymnázia piskľavo vrešťala: „Kto mu dovolil odletieť do Ameriky? Moje deti ešte v Amerike neboli!"

„Váš syn bol predsa v Paríži," namietla právnička.

„Áno," s úctou odpovedala riaditeľka sakrálneho gymnázia, „ale iba tri týždne! Ja vám urobím v škole takú vojnu, akú ste v živote nezažili!" vstala a s polozošuchnutou parochňou na červenej tvári hrozila okoliu pred oponou päsťou. „Nebudete tancovať! Spievať! Nebudete dýchať nijaké dychy mladosti! Pošlem na vás kombajn, ten vás zoseká! Sek-sek-sek-sek-sek-sek - jedna radosť!"

MIROSLAV HALÁS

Na javisko priskackalo niekoľko baletiek, dve zástupkyne riaditeľa sakrálneho gymnázia, jeden duchovný správca, jeden predseda Rady školy a jeden predseda Rady rodičov, a každý držal v ruke tabuľku s veľkým písmenom. Oči na javisku pred oponou čítali a ústa vyslovovali: K - O - M - B - A - J - N.
V tej chvíli začali do mňa akési ruky hádzať kriedy. Riaditeľka sakrálneho gymnázia si upravila na voskovej hlave parochňu, prikývla: „Tak je to správne! Nakreslite mu na čierny kabát zverokruh! A vyhoďte ho von, pretože tu nijaký zverokruh nebude!

Z okolia pred oponou vyskočil muž s kriedou, rýchlo mi kreslil na kabát zverokruh a z inej strany ma ktosi fotografoval.
Pod ústa mi strkali mikrofón. „Čo čítate? Čo práve počúvate? Na čo sa dívate?"
Potom niekoľko rúk sklonilo mikrofóny k zemi a ústa smerom k javisku pred oponou oznámili: „Je to jasné. Číta nevhodnú literatúru."
Právnička pokynula rekvizitárom, aby odniesli figuríny.
Z ktorejsi vypadla audiokazeta.
Právnička požiadala, aby prezreli hrude všetkých figurín a materiál, ktorý objavia, položili na jej stôl. „Sem ku glóbusu," povedala.
„Pokiaľ ide o vás a vaše deti, nerobte z komára somára. Zopár pľuvancov, niekoľko mesiacov lekcií z ríše zvierat - prečo sa vzrušujete? Naše deti," zalievala si trasľavou rukou kávu, „majú hlavne dnes k zvieratám ďaleko. Preto taká identifikácia nikdy nezaškodí. Chvíľu ste teľaťom, potom psom, okamih somárom, a zasa, všeobecne, nejakým hovädom - čo na tom?"

„Tu prítomný," priskočil akýsi muž zo štátno-cirkevno-právnej komisie „sa sťažoval, že jeho syn i dcéra boli pod tlakom psychického teroru! Upozorňujem, že Valné zhromaždenie OSN síce Deklaráciu o právach dieťaťa schválilo, ale na Slovensku pojem psychoteroru z hľadiska práva nepoznáme a preto medzi nami, samozrejme, nie je trestným činom. Okrem toho, pľuvance do ucha boli, ako nám pani profesorka matematiky č.1 oznámila, motivačným faktorom. Za mojich čias, zapíšte to prosím, neboli výnimočné ani tvrdé bitky a teraz, ako vidíte, kandidujem na miesto v Európskom parlamente!"

Vstal iný muž a rozvážne oznámil: „Som biskup. Prečo ste, vážený, nezašli za riaditeľkou sakrálneho gymnázia a nežiadali ste ju o úprimný rozhovor? Určite by vám vyšla v ústrety a problém vášho dieťaťa a toho, ako vy stále opakujete, psychoteroru, hoci neviem, prečo hneď také nepríjemné slovo," usmial sa biskup, „mohol byť definitívne vyriešený..."

Chcel som zvolať: „Bol som za riaditeľkou sakrálneho gymnázia!", ale biskup zhovievavo dvihol ruku: „Prečo ste nejednali so mnou? So mnou osobne? Vec by sa upravila na pravú mieru!"

Chcel som volať: „Bol som! Bol som za vami!"

Priblížil sa však ku mne predseda Školskej rady a spýtal sa: „Chcete povedať, že pani riaditeľka sakrálneho gymnázia klame? Že je to človek-diktátor?"

Zahľadeli sme sa na figurínu, ktorá teraz ležala na zemi.

„Dvihnite ju!" zachripela právnička.

Rekvizitár jej vložil do hrude audiokazetu a zapol stroj.

Ozval sa piskľavý hlas: „V štatúte školy máme zákaz tanca, spevu a sukne desať centimetrov nad kolenami sú tiež zakázané!"

„Pretočte to ďalej," povedala právnička.

„Odbor školstva? Áno, pre vás vždy!"

„Pretočte to ďalej!" skričala právnička.

Biskup kultivovane pokynul predsedovi Školskej rady, aby prevzal iniciatívu.

„Povedzte - aké ovocie v živote prinášate? Čo ešte, okrem tej kritiky, viete?"

Predseda Školskej rady mi hľadel priamo do tváre.

„Mali ste sa pozhovárať so mnou," prikyvoval biskup, „a všetko mohlo byť v poriadku!"

„Hovorí čosi o tom," ozvala sa právnička k biskupovi, „že akési brány musia pozdvihnúť hlavy, keď vchádza akýsi Kráľ slávy. Rozumiete mu?"

Na javisko pred oponu nečakane vystúpilo malé dievčatko a zvučným hlasom začalo čítať 24. Žalm: „Hospodinova je zem, i čo ju naplňuje, svet a tí, ktorí na ňom bývajú. Lebo On založil ju na moriach a upevnil ju na riekach. Kto smie vstúpiť na vrch Hospodinov? A kto sa postaviť na Jeho svätom mieste? Človek nevinných rúk a srdca čistého, ktorý si dušu neobracia k márnosti a krivo neprisahá. Dostane požehnanie od Hospodina a spravodlivú odmenu od Boha svojej spásy. Toto je pokolenie tých, čo na Neho sa dopytujú, čo Teba hľadajú. ó Bože Jákobov. Ó brány, pozdvihnite svoje hlavy, a zdvihnite sa, večné vráta, aby mohol vojsť Kráľ slávy! Ktože je ten Kráľ slávy? Hospodin silný a mocný, Hospodin mocný v boji. Ó, brány, pozdvihnite svoje hlavy, a zdvihnite sa, večné vráta, aby mohol vojsť Kráľ slávy! Ktože je ten Kráľ slávy? Hospodin mocností, On je Kráľ slávy. (Žalm 24).

ÚTEK Z MESTA

Biskup smutne pokýval hlavou.
Predseda školskej rady si utrel vreckovkou čelo.
Na javisku hasli svetlá.
Každý tíchol.
Nerozsvieti sa o chvíľu jas, v ktorom sme dosiaľ nestáli? Rekvizitári sa ticho vzďaľovali aj s figurínami. Právnička si vložila na plecia kabát. Odišla s prázdnou šálkou.

Obzrel som sa do okolia javiska pred oponou, odchádzal som v náhlom kuželi obyčajného svetla tiež.

V úzadí zaznel tichý zvuk orchestra.

Dirigovali ho neznáme ruky.

DRUHÁ KAPITOLA

Rám okna. Okno. Trochu pavučiny.
Sme unavení.
Manželka sedí na gauči, telo má od pása gumové. Tvár namaľovanú. Je to hlava klauna. Stačí k tej hmote podísť, stlačiť ju a ozve sa piskľavý zvuk.

Do nášho bytu vojde kráľ v rúchu so žezlom v ruke, so zlatou korunou na hlave. Vysloví moje meno. Áno, som to ja! Posadí sa, pod rúchom má manažérsky oblek, košeľu, kravatu. Chce so mnou dôverne hovoriť. Manželku ako svedka nepotrebujeme. Neviem, či s tým mám súhlasiť.

Vojdem do pracovne, kde leží na stole Biblia s čiernym rapkavým obalom. Dotknem sa jej, sadnem si za stôl. Za chrbtom mám hviezdice slnka. Moje knihy v poličkách mi dávajú nádej. Povzbudzujú ma. Sedím, premýšľam, dúfam, že kráľ odíde a dá mi pokoj.

Kráľ mi oznámi, že zajali moju dcéru. Je v jeho paláci v akejsi klietke sporo oblečená, nedá sa s ňou viesť dialóg. Chce ju oslobodiť, prepustiť, sú tu však prekážky. Nevyjasnené veci.

Otvorí fascikel, povie: Mám tu niekoľko veci na podpis. Moji ministri sa k vám báli ísť. Rozhodol som sa, že to vezmem do vlastných rúk. Žijeme v postmodernom čase, nič nie je nemožné a vylúčené. Musíme byť pružní. Kým kráľ Matej chodil medzi ľud v prestrojení, ja nie. Vonku ma čaká vodič, som tu bez ochranky, ale zásahová jednotka nie je ďaleko. Vedia, kde som. Mám výborných ostreľovačov.

Prepustíme ju s jedinou podmienkou, vraví. Nesmie jesť mäso, tuky, mala by sa vyhýbať stretnutiam v teréne s duchovne orientovanými ľuďmi, ktorí hovoria meno „Ježiš" akčne, bez porady s kňazmi, a naopak, bolo by dobré, keby čo najčastejšie sledovala trendy v oblasti modelingu a zašla sem-tam na casting, kde by nerobila drahoty a nechala sa len tak, v ľahkom tóne, vyfotografovať pre niektoré vcelku zaujímavé agentúry, ktoré nás môžu dobre a slušne reprezentovať v zahraničí. Navyše, povedal kráľ, keby nepohŕdala modelovou morálkou, ktorú máme v rámci našej štátnej i cirkevnej ideológie systémovo prepracovanú, nič by jej už nebránilo vyjsť z klietky von.

Smiem svoju dcéru vidieť. Ideme do paláca. Kráčame po veľkej kosoštvorcovej dlažbe. Zavŕzgajú dvere, ktoré nikto neotvoril. Je to na fotobunku. Moja dcéra sedí za veľkým stolom, ktorý zapĺňa na šírku takmer celú miestnosť, za jej chrbtom je mohutná olejomaľba starého majstra. Ťažké, tmavé farby hovoria o zápase tela so svetlom. Vidno krútňavu tmy. Pred dcérou je belasý tanier z Ikey, na ňom hlávka šalátu. Pri tanieri svieti v pohári s bielym vínom laserový lúč nádeje.

Nepoznávam ju. Schudla viac ako dvadsať kíl. Oči jej pohasli. Ruku má pri vidličke bezmocnú. Kráľ luskne prstami a niekto, koho nevidíme, odtiahne ťažký záves. Svetlo mi presekne srdce. Výkrik ostáva v hrdle. Kráľ ma požiada, aby som sa s ním zhováral v blízkosti okna, z ktorého môžeme vidieť na udržiavanom nádvorí diplomatov, ich manželky a dcéry, a potom hudobníkov, básnikov, filozofov, novinárov. Chystá sa akási slávnosť.

Odvrátim sa, chcem odísť. Veľké dvere, ktorými sme vošli, sú však ďaleko. Zvládnem to? Kráľ povie: Nemáte nádej. O chvíľu podpíšem zmluvu s ideologickým tajomníkom cirkvi, potom so šéfom zväzu novinárov, ďalej odovzdám ceny niekoľkým hudobníkom, umelcom a filozofom, a potom tiež ľuďom z fabrík a závodov, ktorí pochopili, že v rámci integrácie a globalizácie do vyšších, nadnárodných, medzištátnych a nadcirkevných, interdenominačných, ekumenických celkov musíme byť všetci pripravení na akceptáciu zmierenia v zmysle „šineárskej roviny". Jedna reč, rovnaký slovník, zikkurat myslenia.

Moja dcéra vstáva. Kráča cez miestnosť. Je štíhla, nie však na smrť vyziabla. Kráľ nedokončí vetu. Vidíme ju od chrbta. Má nádherné vlasy a postavu, ku akej nedospela nijaká miss. Dvere sa otvoria, stoja v nich gorila so zbraňou. Kráľ váha, potom pokynie rukou - uvoľnite jej cestu. Vo veľkej sále sa bavia predstavitelia cirkvi, štátu, kultúry, médií, politických strán i šéfovia vybraných médií a periodík. Stíchnu. Poháre v ich rukách sa zahanbia. Kvarteto pod ďalším mohutným obrazom, výjavom boja spisovateľa s drakom, ktorý má sto hláv, tlmene ladí nástroje. Všade sú čierne obleky, biele motýliky, košele s *fodrami,* dlhé róby.

Pri vysokých presklených dverách, ktoré vedú na terasu a do kráľovskej záhrady, stojí chudobný redaktor v ošumelom plášti, nervózne zviera blízko kameramana mikrofón. Na kamere blikne červené svetielko. Slnko zapadá. Všetko splamenie. Hudba začína falošne hrať. Útržky básne sa zvíria v náhlom vetre, ktorý nad dvoranou vytrhne básnikovi s odznakom prvého stupňa na klope saka báseň z rúk.

Stojím bez pohnutia v miestnosti s veľkým stolom, na ktorom je jediný belasý tanier z Ikey a na ňom hlávka zvädnutého šalátu. Kráľ ku mne podíde. Zdá sa, že mi pľuvne do tváre, ale v poslednom okamihu si to rozmyslí. Moja dcéra dohovorila, nervózny vidiecky redaktor sa insitne usmieva. Porazil v mene všetkých spisovateľov, filozofov, politikov, hudobníkov, cirkevných ideológov i novinárov draka, ktorý už na masívnom obraze nie je.

Vyvolalo to širokú diskusiu.

Strapce hostí, to sú desiatky tvárí, sŕdc, jazykov, úst, a dvojnásobne taký počet rúk, očí, uší, a desaťnásobne taký počet prstov, a zrazu sú tu stovky nápadov, ako vytiahnuť v rovine šineárskej na žrď zástavu s logom zjednotenia.

Moju dcéru nikto nevidí.

Kráľ by ju chcel zazrieť, ale vidiecky redaktor mu vyrazil dych.

Klietka globálnej demokracie: Strapec hostí vchádza do miestnosti, kde stojí stôl s tanierom z Ikey a hlávkou šalátu.

Tieň neveľkej klietky v kúte pretína obrazom šikmých mreží miestnosť a ticho sa sunie ku krbu s ohňom, v ktorom dohorievajú posledné stránky Biblie.

Je tu čas nového Jeremiáša, čas nového Barucha, čas staronových kráľov.

TRETIA KAPITOLA

Ťažké mraky sa tiahli oblohou.
Šiel som do domu svojho priateľa hudobníka, ktorý bol kedysi hráčom na basovú gitaru v jednom zo švajčiarskych barov.
Šírošíru rovinu občas preťal let strateného, osamelého vtáka.

V mysli mi pulzovala bolesť. Zranená duša. Srdce a rozum sa v tejto situácii nevedeli a nechceli spojiť.

Srdce a rozum, svetlo a právo?

Zjavenie a pravda?

Urím a tummím?

Urím a tummím, dva lósy v náprsníku starozákonného veľkňaza. A tri drahé kamene na jeho nárameníku: opál, achát, ametyst. A na tých kameňoch meno mojej dcéry, môjho syna, mojej manželky.

Jedným oknom nazrela do domu môjho priateľa hudobníka profesorka matematiky, druhým profesorka fyziky, tretím profesorka dejepisu.

A všetky tri zhodne volali: Zničíme ti dcéru!

Každá mala tvár ježibaby i tvár topmodelky, záležalo na uhle pohľadu.

Moja dcéra teraz sedela v kresle v kúte ako gašpar z pestrých handier. Ako klaun. Ako žena bolesti s úsmevom dôvery na okrajoch neviditeľného srdca. Ústa mala skrvavené údermi. Oči zľadovatené, zahľadené do minulých snov. Ruky skleslé. Zviazané, ale bez povrazov.

Vzal som ju do ruky, hľadel som jej do očí - roztopí sa v nich šírošíra krajina ľadu? Práve dnes ráno som v Českej televízii sledoval program o zvieratách, ktoré zvádzali zápas o prežitie v ťažkom prostredí vysokých hôr. Riedky vzduch, zima, prostredie, v ktorom kolibrík mohol obstáť len v dokonalej koncentrácii na život. Nektár z rastlín vysával poležiačky. Šetril energiou. Podobne aj činčila a ďalšie zvieratá, ktoré bojovali o každú prsť trávy.

Profesorka matematiky a profesorka fyziky v okamihu zmizli – stiahli sa do svojho kabinetu.

Pri cigarete zvažovali stratégiu, asi ako futbalisti bundesligy: cieľavedomo a tvrdo. V zbrojnici slov s trieštivým jadrom jedna druhej načrtli plán. Najprv zaútočia systémom zem-zem, a hneď očami, namočenými do žeravého jadra zeme, v okamihu mierenými na os postavy mojej dcéry. A na jej tvár. Na jej mozog.

Tvár profesorky matematiky vyzerala ako kópia zamračeného vidca, vytesaného z kameňa neporozumenia. V hlave jej bežal komputer, diadém golema: blikal ako zázrak technického rozumu. Čo nespracoval, to zavrhol. A slová mojej dcéry boli poetické, preto ich dvihnutou rukou odsúdila na smrť kameňovaním. Kameňovanie obsahuje pojem hybrizó, a znamená „zneváženie a poníženie". Tak bol kameňovaný Pavol v Ikonii, keď uzdravil chromého od narodenia, keď hlásal vzkrieseného Krista. Keď hlásal: Moc pravdy, ktorá neumiera! Ktorá vstala z mŕtvych! Ktorá sa obetuje pre iného na kríži, a napriek tomu - a práve preto - víťazí!

V Liste Rimanom v 10. kapitole som čítal: „Ak ústami vyznávaš Pána Ježiša a v srdci veríš, že Ho Boh vzkriesil z mŕtvych, budeš spasený." (Rimanom 10,9). „Každý človek totiž, ktorý by vzýval meno Pánovo, bude spasený." (Rimanom 10,13). Láska sa teší s pravdou, pomyslel som si, keď som si spomenul na Hymnu lásky z 1.listu z 13. kapitoly Listu Korinťanom.

Aj ja som už stál v kabinete gymnázia pred profesorkou fyziky, *akoby ma tam preniesol Duch*, a hovoril som: „Ak nemáte vzťah k fyzike, neučte fyziku. Ak nemilujete manžela, nežite v manželstve. A ak nemáte rada deti, neučte."

Profesorka fyziky držala v trasľavej ruke cigaretu. Slnko sa obkrútilo okolo jej dymu, potom okolo stromov, chodcov, stĺpov, áut a budov, až napokon pretkalo celý obraz, ktorý som videl oknom kabinetu.

Vtom sa objavila za mojím chrbtom profesorka matematiky s dýkou v ruke. Mala tvár herečky v našuchorených šatách z filmu o Alžbete Bátoryčke.

Keď som sa obrátil, ocitol som sa v inej miestnosti, pretože kabinet profesoriek zmizol a nahradil ho prijímací salón s benátskym zrkadlom a starým zámockým nábytkom.

Na podlahe som videl pramienok krvi, pramienok poslednej obete obidvoch profesoriek. Kam ma povedie?

Blížil som sa ku školskej triede, pred ktorou stáli tri osoby: dve profesorky, a tá tretia: moja dcéra.

Počul som krik disharmonických hlasov. Bola to opera? Profesorka matematiky spievala part vraha, profesorka fyziky part sivej eminencie.

Moja dcéra sa ocitla práve v rukách dvoch svalnatých kaskadérov, ktorí ju pribíjali na skalu výstrahy v blízkosti stíchnutej triedy, kde už nezašumeli ani krídla mušky.

Skočil som na profesorku, strhol som ju na zem, dvihol som ruky – zaskočilo ma, že medzi vlastnými prstami som zazrel ostrú čepeľ, ktorou sa rýchlo mihalo slnko, akoby čepeľ vchádzala a vychádzala z akéhosi tela.

Ktosi skríkol: Bol som to ja na konci chodby?

Moje druhé ja si prekrylo rukami tvár. Chvelo sa.

Odkryl som si tvár – videl som zrkadlo. A v jeho rohu: handru klauna na kresle pod stenou izby domu môjho priateľa basového gitaristu.

Vrátil som sa k bábike-klaunovi, vzal som ju do ruky, sadol som si do kresla, díval som sa dlhým, obdĺžnikovým oknom na širošíru krajinu.

Potom som sa kúpal.

A hľadel som pritom na bohatú penu s hviezdičkami farieb v kosoštvorcoch šampónovej vody, a počul som: Pôjdete do školy, a tam vás budú čakať po ohováračskej kampani nepriatelia. Budú to Židia s pohanmi. Ale budú tam aj pohania, ktorí sa vzrušia obdivom z vašich schopností a začnú vás považovať za výnimočných ľudí. Vzniknú dva tábory. Ten agresívny na vás položí ruku s kameňmi. Čaká vás hybrizó, poníženie a útok vrahov.

„Ale ty potom pôjdeš do školy oblečený v Kristovej spravodlivosti, v nárameníku veľkňaza s troma drahými kameňmi: opálom, achátom a ametystom. Na prvom bude meno tvojho syna, ktorý bol kedysi chromý v židovskej škole, pri Krásnej bráne chrámu, a po uzdravení Kristom vstal na rovné nohy, na druhom sa ukáže meno tvojej dcéry, ktorá bude dnes uzdravená ako chromý v krajine pohanov, a na treťom sa objaví meno tvojej manželky, pričom všetky tri drahé kamene sa objavia aj vo vašej rodinnej hradbe, v hradbe nebeského mesta Jeruzalema. Len čo však na vás položia ruky agresívni zvodcovia a falošní svedkovia, ozvú sa aj spravodliví, a tí povedia slová pravdy z môjho svetla, na základe môjho práva. Pretože dal som ti k dispozícii lósy urím a tummím, svetlo a právo. Zjavené slovo a výrok spravodlivosti..."

Šli sme do školy, ja a moja dcéra.

Blížila sa k nám električka ako had.

Šírošíra krajina vzdychala.

Sledoval som okolie, či vidí, že moja dcéra je handrou-klaunom.

Nikto nereagoval.

Muž na blízkom sedadle čítal noviny, tetka s batohom trhového tovaru sa zhovárala s dievčinkou z vidieka, ktorá mala v električke tvár mestského liblinga.

Po profesorke matematiky ostala v škole len škvrna z iného sveta.

Profesor, ktorého som v kabinete oslovil, ovoniaval jej stopu i tvar. Obkreslil ju na papier, podal ho profesorovi geometrie. Ten si zamyslene sadal na koniec niekoľkometrového stola a začal čosi kresliť a počítať.

Potom mi oznámil: „Profesorka matematiky je na matematickej olympiáde. Dva kilometre odtiaľ. V budove Technickej univerzity. Trafíte tam?"

Prikývol som. Vložil som do tetivy šíp s odkazom a mieril som otvoreným oknom na budovu Technickej univerzity.

Prišla iná profesorka - s vencom, na ktorom viseli namiesto zelených listov listy s podpismi spisovateľov a rozhlasových dramatikov.

Načarbal som jej na drobný papier aj svoj podpis, usmiala sa.

Uvarila kávu...

Svetlo a právo.

„Áno," povedala, „to je rozhodujúce!"

V kabinete viseli na stene dve veľké uši, výtvor akéhosi výtvarníka.

„To sú uši človeka, ktorý nevie počúvať," povedala profesorka literatúry. „Má uši, ale chýba mu hlava. Okolo nás žije niekoľko miliónov bezhlavých ľudí," povedala. „Problém je však v tom, že majú hlavy drakov, ktoré sa len predstavujú ako hlavy, preto v skutočnosti ich nemožno odseknúť. Len čo začnete diskutovať s bezhlavým človekom, narastie mu vždy dvojnásobný počet hláv. Neverím však, že profesorka matematiky nemá hlavu. Má totiž komputer s diadémom, so šémom?, a jednoznačne vám poviem: technicky jej to absolútne myslí. A to absolútne technické myslenie dokáže odovzdať aj iným."

Ozval sa zvuk, akoby niekto klopal kladivkom na stenu. Potom na inú. Potom na - dvere?

Na chodbe nikto nestál. Ale tieň, ktorý ležal na dlažbe, zrazu rástol ako had v pestrom kostýme, kým sa z neho nestala profesorka fyziky.

Obkrútilo sa okolo nej nepochopiteľné, a pritom veľmi racionálne svetlo, miliardy svetelných častíc, a potom úplne zmizlo len preto, aby sa profesorka fyziky pred nami úplne objavila.

Odomkýnala dvere do svojho kabinetu a pýtala sa: „Čakáte mňa?"

Na rozhovor s ňou som sa nemohol sústrediť. Bolo medzi nami priveľa prístrojov. Ich zvuk mi rozsekával úvahy.

Alebo to bola neprajnosť oka šému, rozdeleného do dvoch očí, ktoré sa zdali z jednej strany ľudské, a z druhej averzívne na každé právo dieťaťa, i keď je od roku 1989 zakotvené v Deklarácii práv dieťaťa, ktoré prijala aj OSN?

Dvaja anjeli natiahli medzi nami pásy svetla.

Objavila sa harfa.

Kráčal k nej Dávid. Začal hrať.

A Saul, ktorý pil v kúte z čaše ťažké víno, zmäkol.

Profesorka fyziky sa rýchlo znepokojene obrátila.

Ona však videla len slnko a vnímala dotyk akejsi myšlienky súladu. Akoby na okamih vošla do prijímacej miestnosti, kde ju čakal skromný mladý muž.

Dávid?

Opýtala sa: „Dávid, prečo nenávidím? Prečo som podlá? A prečo som padlá? A prečo chcem zabíjať?"

„Kto nemá rád človeka," počula, „nech nežije s ľuďmi. A kto nenávidí brata, zabíja ho. A ten, kto nemiluje manžela, zmenil vážny inštitút vzťahu medzi mužom a ženou na karikatúru srdca a slzy, slzy len potiaľ geometrickej, pokiaľ je priezračná, pretože skutočnú geometriu nikdy nevidíme. Dokonalá forma je iba tá, ktorá odkrýva celý obsah a sama je celá v úzadí.

„A ty," pozrel Dávid na mňa, „choď, vytrhni svoju dcéru z rúk padlých čiernych anjelov a odnes ju domov. Tam ju polož do postele, nech si odpočinie s hlavou na poduške prorockého slova, ktoré sa stane. Nejde totiž o podušku, ale o Božiu ruku milosti a milosrdenstva. Dnes bol dobrúsený drahý kameň jej života v najťažšej skúške života. Môžeš si ho nechať prišiť na nárameník. Si kňazom rodiny, oblečeným v Kristu, v ktorom sa spájajú tri úrady: Úrad kráľa, kňaza a proroka. Choď, máš moc obstáť v každom boji..."

Harfa doznela. Struny sa ešte chveli.

Dávid odišiel, anjeli zvinuli lúče svetla, Saul sa ku mne ešte raz obzrel z kúta kabinetu, kde stál s čašou ťažkého vína.

Usmial sa ako večne zatratený človek, ktorý sa rozhodol pre krátkodobé kráľovstvo, plné zmijí, kabinetného šepotu, bielych golierov, mobilov, rúk s prsteňmi, plné plánov, poistených dobre vyzbrojenou armádou bez uniforiem, plné dusivého nepokoja a smrteľných záchvatov rozlomených myšlienok, z ktorých vyteká zelenkavý hnis - substrát mozgov, prúdiaci v žilách tiel namiesto krvi zmierenia.

„A ty," počul som opäť, „choď a vytrhni svoju dcéru z rúk padlých anjelov. Potom ju odnes domov. Tam ju položíš na ruku Božieho milosrdenstva a jej srdce ožije v svetle zmierenia."

V svetle zmierenia s Kristom! Veď On je Pravda, Cesta i Život...

Môj priateľ gitarista stál v šírošírej krajine na dlhej poľnej ceste, ktorá sa len zdala kľukatá, a teraz hral pre zmenu na sólovej gitare veľmi náročnú skladbu, a to v úplnej premiére.

Za ním stalo tisíc iných gitaristov, tí hrali tú skladbu tiež...

Kráčal som k nim s dcérou na rukách, šeptal som: „Budem ti žehnať po celý život, v tvojom mene budem dvíhať ruky." (Žalm 63,5).

A z Písma do najhlbších hlbín môjho srdca prenikalo:: „S radosťou budete ďakovať Otcovi, ktorý vás urobil schopnými mať podiel na údele svätých vo svetle." (Kološanom 1,12).

ŠTVRTÁ KAPITOLA

Umýval som riad lúčom slnka.
Na jeho konci bola špička vody a bublina, a v tej bubline mnohofarebný svet.
Hudba, otvorená kniha na stole, a v nej čosi ako cyklus rozhovorov Európania, atakďalej.
Dnu vošla postava...
...topánky, unavené nohy, tvár v zrkadle.
Moja manželka Margaréta.
Ale teraz ku mne nepodišla tvár, na ktorú by sa dalo dívať. Povedal som: „Svoju si nechala v zrkadle a zo zrkadla sem nesieš zlé pohľady tých, ktorí sa tam najčastejšie pozerajú. Nechávajú tam iba svoje oči - prečo

sa s nimi stotožňuješ ako s kontaktnými šošovkami? Dolu s nimi!"

Z ruky v tej chvíli vypadla Margaréte kabelka a z kabelky milión vecí. I malé okrúhla zrkadielko.

Držal som ho pred svojou tvárou mokrými prstami, počul som: Vy sviniari! Hovädá! Psy! Ako si dovoľujete?

„Ako si dovoľujeme čo?" opýtal som sa.

Ale Margaréta už sedela s hlavou psa v hojdacom kresle a - plakala?

Ako sa dá poznať plač psa? Nie som odborník na psov, neviem to.

Podišiel som k nej, aby som ju pohladil, ale nedalo sa.

Útočník, zurvalec, ktorý na mňa s anonymnou tvárou zo zrkadielka kričal, dosiahol svoje.

Hlavu psa som v tom momente nemienil hladiť. Mýlilo ma však telo - patrilo Margaréte, i jej kostým som poznával, i ruky, ktoré jej teraz bezmocne ležali, jedna na operadle, druhá vedľa kresla.

„Ty si pes?" opýtal som sa.

Prikývla.

V rozpakoch som sa vracal do kuchyne, v domnienke, že tieto obrazy sa nekontrolovane preklzli do nášho bytu z mnohofarebných kosoštvorcov farebných, praskajúcich bublín.

O chvíľu to však, zaiste, bude už inak.

Doumýval som taniere, tešil som sa na vyprážaný syr a tatarku s hranolkami. Ale zjem ich aj v tom prípade, že mi to pripraví pes? Keby som aspoň vedel, aká je rasa! Či je izbový alebo strážny! Alebo: poľovnícky? A možno je to pes s vynikajúcim plemenom. Mohol by som ho speňažiť. Ba čo viac: počul som, že ak čistokrvná samica vrhne mláďatá na úrovni, možno ich výhodne speňažiť.

Opäť som zbadal na stolíku medzi neporiadkom z Margarétinej kabelky okrúhle žlté zrkadielko.

Vzal som ho do ruky a, ajhľa: Somár!

„Kto je tu somár?" opýtal som sa zo zrkadla sám seba, teda, toho tvora, ktorý stál pred zrkadlom, a zistil som: Ja som somár! Skutočný somár? A zo zrkadla sa ozvalo zahíkanie v zmysle: Skutočný, ozajstný somár!

Čo budeme robiť?

Sedeli sme uprostred obývačky na gauči z Ikey, Margaréta s hlavou psa, ja s hlavou somára, a premýšľali sme, ako zdôvodníme odteraz ľuďom svoj stav, ktorý je iba rukolapným dôkazom toho, čo o nás už zopár mesiacov hovoria ľudia vo funkciách a súčasne ľudia na vyššej úrovni. Totiž - čo tvrdia všetci, ktorých sme sa právom dotkli. Inak povedané: Ľudia, ktorých sme sa odvážili dotknúť jurisdikčne. Áno - práve jurisdikciou!

„Také niečo neprichádza do úvahy!" kričal riaditeľ gymnázia Krnáč. „Nikdy! Naše gymnázium? My," bil sa riaditeľ Krnáč do hrude, „máme podliehať nejakej jurisdikcii? Dokonca z úst rodiča? Ani myslieť! Ani keby z Ústavu informácií a prognóz, z tej nanič nezávislej Štátnej školskej inšpekcie, čiže zo Starých gruntov, hromy padali! Nikdy! A keď, tak iba cez moju mŕtvolu! Ja," bil sa Krnáč znovu do hrude „svojím pedagógom božsky verím!"

Ten hlas sa z Margarétinej psej tváre sypal ako vibrujúci prach a elektrizujúco mi trhal na tvári moju somársku srsť.

„Čo budeme robiť, Margaréta?" ticho som sa opýtal.

Dve oči psa sa na mňa nevinne pozreli a jeho papuľa povedala: „Máš sa riaditeľovi Krnáčovi ospravedlniť, inak..." –

„Inak?"

Napätie nepovolilo.
Margaréta vstala, zobrala zo stolíka fotografiu našej dcéry, zasunutú v ráme, roztrhla ju a - vyhodila z pootvoreného okna.
„Inak si ju môžeme brať preč! Pretože ak nie, on ju vyhodí! Jednoducho, okamžite, v krátkom procese!"
„Prečo?" opýtal som sa a zamyslene som pred Margarétou stál.
„Pretože sme sa sťažovali..."
„Na čo?" zľakol som sa.
„Na to, že učiteľka matematiky Dikobrazová chcela našej dcére odtrhnúť ľudskú hlavu. Či sme, údajne, nevedeli, že ľudské hlavy sú teraz, v tomto čase, na tomto mieste, v tejto epoche - v tomto novom miléniu: neprijateľnou provokáciou?!"
„A sú?" opäť som sa zľakol.
Margaréta bez slova prikývla a stratila sa v kuchyni. Po náročnom dni si musí dať kávu.
Plakal som. Bolo to vlastne híkanie. Potom som stíchol.
V zrkadielku na stole som videl, ako našej dcére dve učiteľky, učiteľka Dikobrazová a učiteľka Štít hôr, trhajú hlavu. I riaditeľovi Krnáčovi?
Zdúpnel som.
Idem sa pozrieť do väčšieho zrkadla blízko skrine – skutočne! Obhrýzajú mu ucho!
Margaréta kráčala do obývačky s kávou.
Povedal som: „Teraz som zazrel - obhrýzli mu ucho a vliali doň decový pohár vodky! A kričali: Tu máš, pi cez ucho, keď nechceš piť ako človek! Pi, kým ti v uchu nebude hrať najnovší kódex zriaďovateľa ZOO! Pi!"
Svitlo ráno...

Prebudil som sa vcelku pokojne, šiel som k zrkadlu. Stále vyzerám ako somár. Pravda - iba v partii hlavy a tváre.

Uviazal som si kravatu, vložil si na somársku hlavu klobúk, šiel som na prokuratúru.

„Nie," usmiala sa pani s obyčajnou tvárou ženy v okienku, „bezplatné poradenstvo je až v utorok. Vezmite si lístoček: píšte si: v utorok, vo štvrtok, v piatok. Advokáti tu majú iba prenajaté kancelárie. Ale ak chcete podať Trestné oznámenie: prosím!"

Zafŕkal som a šiel za Margarétou do práce.

Vtiahol som somársku hlavu s klobúkom medzi plecia, spoliehal som sa, že niečo zakryjú aj okuliare.

Stál som pred jej pracovným stolom a hlavy psa som sa pýtal: „Čo mám robiť? Bezplatne nám poradia až v utorok! Dovtedy budem somárom a ty psom!"

„Len aby nám poradili úprimne! Pretože ak nie, ty budeš somárom a ja psom aj potom..."

„A ostatní?" bezradne som sa obzrel.

„Ostatní majú peniaze!" zaštekala a vrhla sa ostrými zubami na moju ruku, zasiahla však, našťastie, iba hrubý rukáv. „Odpusť," povedala zaskočene, „neviem, kde sa to vo mne zrazu berie. Veď ja nie som pes? Alebo áno?"

Chcel som povedať: „Nie, nie si!", ale rukáv som mal roztrhnutý a kolegyňa za protiľahlým stolom iba sucho povedala: „Pozri sa do zrkadla. A uvidíš!"

Vyšiel som na ulicu.

Vietor mi previeval hrivu.

Obzeral som si vchody domov. Nové i staré brány. Mohutné kľučky, tvarované súčasným architektom. Všetko voňalo rýchlo a navonok kvalitnou prácou, ale v ničom nebola duša. A už vôbec nie duch.

Zabočil som do TESCA. Stál som na pohyblivých schodoch, tváril som sa, že zrkadlo, povedľa ktorého sa všetky nemé tváre sunuli hore, ma nezaujíma.

Strážna služba ma nechala na pokoji, nijaké inštrukcie v tomto smere nemala.

Dúfal som, že stretnem nejakého príbuzného v zmysle „somárskeho druhu".

V duchu som sa modlil.

Predavačky si ma obzerali, a ja som sa tváril, že byť somárom je pre mňa úplne normálne. Kúpil som si obálky (som spisovateľ a mám veľa neodoslaných poviedok), synovi knihu o basketbale, dcére cédečko Enrique Iglésiasa, a vtom som si pomyslel: Aj keď som spisovateľ, i tak som somár.

A vyšiel som z TESCA von.

Všade nápisy, moderný svet, v ktorom nie je nič čudné, iba keď je človek somár. Zvláštne? Buď múdry, študuj Ottův slovník náučný, napíš román, ktorý vojde do dejín, modli sa za celý svet, ale keď nejdeš s duchom doby, si rovnaký somár ako ten, čo ti kráča práve oproti.

Podali sme si ruky. Objali sa.

Vybrali sme sa do AIDY, kde je veľký priestor na somárske rozhovory.

Neduní tam hudba, nerušia vás modelingové čašníčky, neotravuje vás pach voňaviek a lá Pierre Cardine, a ak má niekto na tele tričko Calvina Kleina, nenúti vás výhražným zrakom, aby ste v ňom sem zajtra vošli aj vy. A ak má niekto somársku hlavu, môže ju mať na svojich obdivuhodne pokorných pleciach naďalej.

Sadli sme si do separé, dívali sme sa na pohár toniku a pohár džúsu, sklonili hlavy a modlili sa. A v Biblii pre nás už boli pripravené verše: „Poďte ku mne všetci, ktorí sa namáhate a ste preťažení. Ja vám dám odpočinutie!

Vezmite na seba moje jarmo a učte sa odo mňa, lebo som krotký a pokorný v srdci a nájdete si odpočinutie duši. Lebo moje jarmo je lahodné a moje bremä ľahké!" (Matúš 11, 28-30).

A lživá únava nám bola zotretá z očí...

Hovorili sme o psychickom násilí v školách, o riečištiach zvrhlého vretena a jedovatej vretenice etickej, estetickej, náboženskej a ideologickej moci, o nezodpovednosti cirkevnej strážnej služby, i o nadradenom postavení straníckych učiteľov a ich suverénnych fackách, ktoré tvár života vždy znáša pod pazúrmi elity, hriechu a smrti. Kráľovstvo Božie až do dnešného dňa trpí násilie a násilníci ho uchvacujú - ale nebojte sa, ja som premohol svet, povedal Ježiš.

Vyšli sme z kaviarne von, a čuduj sa svete, okolo nás nebolo mesto, ale prária, rovina, príroda a v nej - stovky vtákov, zebier, somárov, psov, slonov, žiráf, levov, tigrov, púm, a v nej - my, ľudia, pod nebeskou oblohou, pred Božou tvárou.

Pred Božou tvárou?

Úzke uličky medzi vysokými domami, ku ktorým akoby nepatrili prsty Božieho neba, pretože v perspektíve nášho pohľadu sa spájali v bode hmoty, nás presviedčali, že Kainovo mesto a urbanizmus jeho stôp je stále magnetom očí, svetielkujúcim fluidom vábivého odpočinku pre unavené duše.

A tu zaznelo: „Dám ti všetku túto moc a slávu. Lebo dostal som ju a dám ju, komu chcem. Ak sa teda pokloníš predo mnou, tvoje bude všetko." (Lukáš 4, 6-7). A potom, áno: „Povedz tomuto kameňu okolo seba, aby sa ti stal chlebom..."

Kto to vravel?

Videl som iba hlavy svíň, psov, vlkov, líšok, hlavy dikobrazov, mačiek, koní a kráv na ľudských pleciach.

Ktosi medzi nimi sa obzrel a volal ako v sne: Rada by som sa stala ženou! S ľudskou tvárou! A so žiarou posla, ktorý ponesie ľuďom dobré správy. Čo mám robiť?

Aj keď neboli práve decembrové Vianoce, ktosi iný, azda prítomný anjel s ľudskou tvárou, volal: „Nebojte sa, veď zvestujem vám veľkú radosť, ktorá bude všetkému ľudu, lebo narodil sa vám dnes v meste Dávidovom Spasiteľ, ktorý je Kristus Pán." (Lukáš 2,10 - 11).

Z oblohy padlo do skiel domov svetlo.

Stál som medzi obnovenými domami starého mesta a keď sa na mňa niekto pozrel, zdalo sa mi, že mám tvár anjela.

PIATA KAPITOLA

Noc sa dotýkala stien izby žiarou televíznej obrazovky. Tá žiara, to bola noc. Vonku svetlo v akýchsi rýchlych kmitočtoch, vnútri duše tma ako lepkavá, horúca smola. Čo v tej smole preráža? Zápach zvyškov zeme, ropa, nafta? Alebo náhla priľnavosť smoly, ktorá znehybňuje srdce? A či belasá horúčava, ktorá rozkladá myšlienky a ich architektúru, v ktorej možno bývať vo vzťahoch, a opäť ich skladá len do ilúzie o vnútornej jednote nášho bytia?

Moja dcéra zastala, ale nie ako Lótova žena. Dívala sa na nás ako Abrahám pred hrozbou zániku Sodomy a Gomory, a v duchu sa pomodlila: Bože, zachráň ich! A myslela mňa, moju ženu Margarétu a nášho syna Karola. Potom „niečo povedala". Vyrušila nás. Pozreli sme na ňu ako na sochu, ktorá prehovorila. „Tá socha neujde," pomyslel som si. „Neviem, čo povedala, ale o chvíľu to predsa môže zopakovať. Teraz pozeráme film Nebezpečná rýchlosť."

Opakovanie však v sebe prináša vždy hrozbu straty šťavy slova, pretože opakované slovo sa konštituuje v prvom rade ako forma. Obsah v ňom sa rozkladá už len do direktívy, do otvorenej agresivity.

Z otvorenej náruče pokojného srdca sa tak tvorí výkričník. Výzva. Volanie, ktoré partnera núti do akcie. Dáva mu príkaz tým, že vo výzve oznamuje hrozbu svojho ústupu z pozície vzťahov do pozície formálnych príkazov.

Je to trpké, pretože Boh do nás vložil svoj dych, aby sme hľadali vždy svoju pravú tvár, teda, aby sme takto hľadali najprv Jeho tvár.

Stolík, kde sedávame v obývačke pri Biblii, bol teraz prázdny, pretože k váze na ňom a ku sklenému podstavcu ružovej nezapálenej sviečky sa nikto nevzťahoval.

Naša dcéra Rút tým trpela. Povedal som, a vraj v tom bolo prudké gesto: „Teraz nie!"

- Nie, dnes večer sa bude modliť k Bohu každý z nás sám...

Z obrazovky začalo snežiť. Akýsi vietor, ktorý nebolo počuť, nám vial drobný biely piesok snehu na stolík ku šálkam s kávami, dotkol sa už našich tvárí a rúk.

Nič sme nepovedali. Nereagovali sme.

Vedeli sme, že v tomto chladnom zavanutí je náš hriech, ale rozhodli sme trpieť radšej zimu ako priznať si vinu.

Zrazu sa v obrazovke ukázala zdeformovaná tvár komika, ktorý sa z nej vyklonil ako z okna, zatriasol hlavou ako čert a vyplazil na nás obrovský červený jazyk. Akoby ho vytiahol práve z plameňov pekla.

Dýchla na mňa horúčava, proti ktorej som nemal čím protestovať. Ako v tom Camusovom románe Cudzinec, kde slnko, páľava, skrížené meče nepríjemného svetla, ktoré vyšľahlo zo zbrane, spôsobili človeku rozklad mysle. V okamihu. V bilióntine sekundy.

Kto na taký jedovatý šíp dokáže hneď reagovať?

Apoštol Pavol vedel - nikto. Nikto z obyčajných ľudí. Nikto na základe svojej prirodzenosti a psychickej, filozofickej, politickej či akejkoľvek inej sociálnej vyspelosti. Preto varoval ľudí v Efeze, aby si uvedomili, že v boji proti hriechu je nepriateľom každého človeka duchovná mocnosť temnosti, osobný predstaviteľ Zla. Preto písal: „Veď náš boj nie je proti krvi a telu, ale proti kniežatstvám a mocnostiam, proti pánom sveta tejto temnosti, proti zlým duchom v nebesiach." (Efezským 6, 12).

Keď teda chcel Camusov hrdina reagovať iba telesne - bolo neskoro. Bilióntina sekundy a v nej *rozhodnutie kohosi iného vo vôli Camusovej postavy ho predišla.*

Modlitba Otčenáš nás preto upozorňuje na nevyhnutnosť ochrannej hradby proti takým nečakaným, vesmírne bleskovým útokom vesmírnej vojny. Je v prosbe: Buď vôľa Tvoja, Otče!

My sme sa však dívali do ostrého prúdu snehu, ktorý teraz fliaskal naše stvrdnuté tváre. Videli sme stále menej. Nepomohli nám ani okuliare a čapice.

Rút občas pozametala sneh, film však pre nás strácal význam.

Pocítil som, že v hlave mám mozog ako belavú, bielomodrú hrudu ľadu. Oči mi stuhli. Zmrzli. Štruktúra môjho pohľadu sa v bilióntine sekundy preskupila a ja som už videl inak.

Obliekol som si kabát, obul celé topánky, uviazal som si okolo krku šál a začal som sa nervózne, ako ruský mužík a súčasne vedec, filozof a spisovateľ, prechádzať po byte.

Do lustra udrel blesk.

Rút i Karol jasne zazreli jeho tvar. Vyzeral presne tak ako na kresbách v komiksoch.

Ten blesk z mojej manželky Margaréty prudko strhol šaty a ona by bola úplne nahá, keby ju nezachránili jej vlastné ruky.

Syn Karol sa odvrátil, zmizol.

„Možno je to zemetrasenie," povedal som, „a nám sa zdá, že sneží. Taká situácia, ktorú sme nikdy nezažili, je pre ľudský rozum šok."

Karol sa opäť objavil a kamsi uprene, osudovo hľadel.

Na stolíku v obývačke ležala otvorená Biblia. Dvihol ju. Tvár mu zmeravela. Pomaly som ju z jeho rúk prijal.

„Dlane si pokrýva bleskom, ktorý vysiela proti útočníkom. Hrmenie podáva zvesť o Ňom, ktorý vzbudzuje hnev proti neprávosti." (Jób 37,32 - 33).

Zabolelo ma srdce.

Našou izbou preletel bacuľatý Amor so šípom, smial sa.

Margaréta, ešte stále nahá, ku mne podišla, aby mi šíp Amora okamžite vytiahla z oblasti, kde som mal srdcový sval, ale nemohla.

Syn sa opäť odvrátil.

Dcéra Rút jej ľudsky a s pochopením položila na ramená plášť.

Prudká bolesť mi roztrieštila nepríjemnú architektúru zraku a ja som opäť videl inak. Úlomky skla, ktoré deformovalo optiku môjho pohľadu, mi však ešte v očiach zostali.

V chvejúcej sa ruke, po ktorej tiekol pramienok krvi, som držal šíp.

„Odhoď ho!" skričal Karol.

Utrel som si dlaňou čelo, mal som ho červené.

Dvihol som tvár, povedal som: „Nič si dnes nejedla. Stále nepriberáš. Prečo ma týraš?"

Rút sa odvrátila. Bola v kuchyni. Varila si kávu.

Priplazil sa k nej tieň - mojej duše?

Nasledoval som ho. Tieň sa vo mne zhmotnil a ja som skričal, pretože v biliontine sekundy, ktorú som si neuvedomil, ma niekto predišiel svojím krikom a moje slová boli už len jeho ozvenou.

„Chceš nás zabiť?"

Áno, chce ťa zabiť!

„Chceš nás trápiť?"

Áno, chce ťa trápiť, preto na ňu vylej všetku prchkosť svojho srdca, plného pariacej sa smoly!

Na stole som zbadal stvrdnutú placku, vyzerala ako roztrhnutá mapa Afriky.

„To je všetko, čo si do seba dnes dostala?"

Áno, to je všetko, čo do seba dnes dostala!

Ale v tej chvíli sa udialo niečo zvláštne.

Mapa Afriky? Placka?

Odišiel som do obývačky, vybral som zo svojho denníka pohľadnicu-list z kalendára hnutia, ktoré má názov „Mission am Nil", Misia na Níle, a pozorne som si ho obzrel. Bol na nej text v nemčine z 2.Listu Korintským 6, 4 - 10. „In allem erweisen wir uns als Diener Gottes... - ...als die Armen, aber die doch viele reich machen."

A pretože neviem po nemecky, text som si nalistoval v slovenskej Biblii. „Ale vo všetkom sa predstavujeme ako Boží služobníci... - ...ako nič nemajúci, a predsa všetko v moci majúci."

Na konci obývačky som zbadal zvláštneho muža.

Bolo to čierne divadlo, bol to ostro kontúrovaný tieň v pohyboch a gestách kriku.

Bol som to ja?

Obzrel som sa: Moja dcéra Rút mala šaty malej morskej víly, ktorá nad morom chaosu ako jediná v ten večer zvíťazila.

Zotrel som jej z tváre zamrznutú vločku snehu, ostala mi na dlani ako štruktúra lásky a vzťahu, ako architektúra stien pokoja, medzi ktorými svieti po závane mrazu jas porozumenia.

„Počúvaj to, Jób, zastav sa a pozoruj divné skutky Božie. Či vieš, čím ich Boh poveruje, aby zažiarilo svetlo z Jeho oblaku? Vieš ty, ako sa vznášajú oblaky, divy Toho, ktorý je dokonalá múdrosť, ty, ktorého šaty sa rozhorúčia keď sa zem utíši pod južným vetrom? Môžeš tak ako On rozprestrieť oblačnú oblohu, pevnú ako uliate zrkadlo? Pouč nás, čo Mu povedať. Pre temnotu nič nemôžeme vykonať. Treba Mu povedať, že chcem hovoriť? Či povie niekto, že chce zhynúť? Teraz však ľudia nemôžu pozerať do svetla, keď jasne žiari na nebesiach, keď vietor zavial a očistil ich. Od severu prichádza zlatistý jas, okolo Boha je hrozivá nádhera." (Jób 37,14 - 22).

Rút sa k nám obrátila chrbtom.

Stala sa z nej socha. Mala sklonenú hlavu.

Môj krik ju dostihol a zbil, ale keď sa mi otvorili oči, uvedomila si, že jej už neublížim.

Mohla preto dovoliť slzám, aby hovorili o jej bolesti.

Odvrátil som sa.

Stolík v obývačke bol spojený so štyrmi prázdnymi kreslami.

Niekto zapálil ružovú sviečku v sklenom podstavci.

A Rút bola v náhle darovanom pokoji presná a jasná, „ako pevne uliate zrkadlo".

ŠIESTA KAPITOLA

Jedného dňa som sa prebudil a zistil som, že mám veľké svaly. Urobil som pred zrkadlom niekoľko pozícií - bolo to zvodné. Pôsobivé. Zaľúbil som sa do vlastného tela. Cítil som ho na každom kroku. Zaplnil som ním priestor.
Ostatní ľudia boli odsunutí na vedľajšiu koľaj.
Šiel som na nákup. Keď som platil za tovar, svaly na ruke mi esteticky pôsobivo znázorňovali malé, pokojne pôsobiace vlny živej rieky, pri ktorej si môže každý odpočinúť.

Doma si moja dcéra Rút pred veľkým oválnym zrkadlom, do ktorého sa vošla celá jej osemnásťročná postava, česala dlhé pramene vlasov.

Mal som pocit, že som vstúpil do šerosvitu Tvorivého pôvabu Ingmara Bergmana.

A skutočne!

Tvorivý pôvab Umelca sedel na jednom z kresiel a pokorne moju dcéru pozoroval.

Položil som opatrne a ticho na okrúhly stôl nákup, podišiel som k nemu s dvoma vysokými pohármi ovocnej šťavy a jeden som mu úctivo podal.

Chvíľu sme vedľa seba bez slova sedeli, potom sme šli do dcérinej izby.

Bola svetlá, mala plno slnka.

Tvorivý pôvab umelca si obzrel fľaštičky a nádobky s kozmetikou a potom povedal:

„Je toho veľa. Niekto ju dlho dráždil a nakoniec zlomil. Teraz sa za to hanbí, z kozmetiky sa však už stala jej záľuba, ktorej korene sú však hrozivé. Násilne ich odťať nemožno - ale zdolať ich jedovatú silu, to je nevyhnutné. V poslednom období režírujem malé domáce predstavenia s niekoľkými divákmi. Ak súhlasíte, obsadím ju do postavy, ktorú mám už dôkladne premyslenú a budem sa jej venovať. Štúdium postavy jej pomôže pochopiť jej vlastnú situáciu. Nie je to psychodráma, a nie je to nič, čo by sa týkalo psychoanalýzy alebo technickej, akosi metodologicky zvládnutej terapie."

„Posadíme ju na terasu," pokračoval Tvorivý pôvab Umelca. „Terasy mám rád. Je v nich možnosť rozľahlosti. Perspektívy. Vidíme slnko. Strechy budov. Výškové zacielenie. Všetko banálne sa na terase stretáva s človekom a jeho racionalitou, ale preniká aj do srdca a osvetľuje dušu. Vyzýva ľudského ducha k dialógu, ku konfrontácii. S kým? A s čím? Môj otec bol luteránsky kňaz. Tie otázky mi však nepodsunul ako „otázky vzťahu", ale ako „problém boja". Neučil ma podľa Zachariáša „bojovať Duchom", ale podľa Mojžiša v čase jeho prechodu od egyptskej kultúry k izraelskej jedinečnosti. V prvom prípade, v prípade egyptskej kultúry, v prípade Pevnosti Ptaha, ako sa hovorí Egyptu, šlo o jedinečnosť ľudskú. V druhom prípade: o jedinečnosť vyvolenosti „ľudu, vopred na to určeného, ľudu Izraela, do služby Bohu" Neskôr akúsi obdobu toho predurčenia vidíme v kalvínskej predestinácii, v Kalvínovom termíne predurčenia, ktoré sa však masovo zle vysvetľuje ako osud: ty áno, ty nie. Kým skutočné predurčenie je vždy v Kristu: Ty, môj Syn, v ktorom sa mi dnes zaľúbilo, si povedal svojmu Otcovi Áno, a to Áno svetu, na čo si bol aj predurčený, poslaný, a v Tvojom Áno je pre každého človeka predurčená možnosť povedať Bohu to isté Áno: Áno, ktoré má hovoriť o agapé. Áno, prijímam pozvanie do Agapé! Do Tvojej milosti v Kristu, Bože! Staň sa mi v Kristu Otcom a posaď ma so svojím Synom za rodinný stôl!"

„Nastáva však problém," povedal Tvorivý pôvab Umelca so zapálenou cigaretou. „Pozrite sa na svoju dcéru. Na jej nahú, opálenú ruku. Na tú pokožku. Líniu. Na tú estetiku milosti, pokory, ale aj nehy, výzvy ku kráse a pokoju, k tichu a k jasnému slovu v priestore, ohraničenom na dialóg ducha a duše, duše a ducha a - to všetko s ľuďmi, ktorí poznajú Boha. Súčasne však," hlas Tvorivému pôvabu Umelca stvrdol, „je tu perspektíva, o ktorej som už hovoril. Štíty veží, striech, slnko, Pevnosť Ptaha - jednoducho, Egypt. A jej oči na to ticho, ale: dramaticky, takmer tragicky ticho!, hľadia. Prstami si pomaly odtrháva veľké bobule zrelého bieleho hrozna. K čomu dozrieva jej myšlienka a aká? K nevere? K neposlušnosti? Je to ako pred stromom poznanie dobrého a zlého. Kde je ten rozdvojený, sykotavý jazyk hada a čo vraví? To je otázka. My však povedzme: Vraví - o chvíľu sem priletí obláčik z Pevnosti Ptaha a prinesie ti správu. Tvoji rodičia ti nerozumejú. Tvoja prítomnosť na hodoch Agapé je chudobná. Nevidia ťa tam. Ak súhlasíš, porozprávam ti o tom viac - ale ešte skôr ti niečo dôležité ukážem. Zátišie, v ktorom odpočíva tvoj Priateľ. Poď sa na neho pozrieť. Potrebuje ťa. Uznávaš predsa zmysel Agapé! Lásky k blížnemu! Prečo by si ho do našej Pevnosti Ptaha neprišla pozrieť?"

„A tu," povedal Tvorivý pôvab Umelca, „sa zavrela obrovská brána z panciera. Nastala tma. A v tme sa každý bojí. I on sa bál. Počul však hlas. Poď bližšie! Tu som! Dotkni sa mojich myšlienok, pocitov, pocitov, predstáv. Môjho pokoja. Mojich možností. Pozri sa na môj úsmev a na lesk šťastia v mojich očiach. Je zlý? Tam, pozri, moja matka pre nás pripravuje večeru. Zapáli sviečku, zapne starý gramofón s relaxačnou hudbou, bude sa s tebou zhovárať o všetkom, o čom si sa doma nikdy zhovárať nechcel a nemohol."

„Mnohé témy, povie potom priateľ vašej dcéry, sú pre kresťanov tabuizované..."

„Ona a on však už sedia na slnečnej terase," pokračuje Tvorivý pôvab Umelca. „Vidia slnko, štíty veží, Pevnosť Ptaha. Vtáka odporu. Majú pred sebou misu s bielym hroznom, zobú bobule. Ale kdesi v Izaiášovi sa už pre vašu dcéru črtá závažná otázka: „Kde vás ešte udrieť, keď zotrvávate v odpore? Celá hlava je nemocná a celé srdce choré." (Izaiáš 1,5). A to sa stalo," povedal Tvorivý pôvab Umelca ustarane.

ÚTEK Z MESTA

Podišiel k mojej dcére Rút, ležala teraz na terase, na bielom ležadle sama, opaľovala sa.

Sadol si k nej do pláteného kresla s pohárom ovocnej šťavy, ja som sedel opodiaľ ako poslucháč.

Nevidela ma, tak, ako kedysi nevideli Saulovi mužovia Krista a nepočuli Jeho hlas, keď sa s ich pánom udialo čosi zvláštne: keď ležal v prachu, a len ťažko sa dvíhal na kolená, pričom v rukách už nemal nijakú silu a v tvári ani trochu odvahy.

Rozprávali sa o ľuďoch – Tvorivý pôvab Umelca a moja dcéra.

Bol to rozhovor plný príbehov, odtieňov, farieb, detailov, náznakov, útržkov melódií, bol to rozhovor malieb, zátišia slov, priestoru hudobnosti, v ktorej tĺklo jej srdce.

Keď odišla, zbadal som na bielom ležadle vreckovku s mokrým okrajom.

Bol to teda aj rozhovor niekoľkých sĺz a strachu z ľudí, ktorí nosia dýky pod plášťami, tesne pri srdci? Bol to šok z poznania, ako je „svet mnohých priateľstiev deformovaný"?

Toto je pre moju dcéru Rút šok, že nie každý nosí zbraň na bedrách, ale práve naopak?

A kde ju nosí had?

A kde démon s tvárou anjela?

A kde ten, kto sa tvári, že je tvojím najbližším dôverníkom, keď si však s ním sadáš jesť, zamieňa ti tajne pokrm Agapé za pokrm lži a klamu!?

Potom som videl Rút hovoriť v diaľke s lekárkou.

Akoby sedeli v izbe tvaru veľkej architektonickej misy zo skla.

Všetko tam bolo dezinfekčne čisté a moja dcéra Rút a lekárka mali oblečené biele plášte.

Na sklenenom priesvitnom stole stála sklená váza s ružou, asi s takou, akú citoval Guitton vo svojom príhovore knihy *Boh a veda*:

„Spomenul som si...na stretnutie s nemeckým filozofom Heideggerom, ktorý veľmi ovplyvnil našu dobu. Heidegger sa vyjadroval symbolmi. Ukázal mi na pracovnom stole, vedľa obrazu svojej matky, ružu v priehľadnej váze. Tá ruža podľa neho vyjadrovala celé tajomstvo bytia, záhadu Bytosti. Slovami sa nedalo nijako vypovedať, čo vravela sama ruža: jednoducho bola, vznešená, čistá, tichá, istá sama sebou, či inak povedané prirodzená, ako jedna vec medzi ostatnými vecami, vyjadrujúca prítomnosť neviditeľného ducha pod priveľmi viditeľnou hmotou."

Lekárka sa zhovárala s Rút o problémoch dnešného človeka.

Rút sa jej pýtala, ako môže byť „slovo v tichu počuteľné, a pritom neagresívne"? Ako sa možno ozvať, a pritom sa nestať „otrokom iného človeka"? Ako nepadnúť do „kruhu jeho návykov a želaní"?

Jednoducho: aké „prvé slovo" použiť, aby tie ostatné - a to všetky a vo všetkých súvislostiach - boli správne? Totiž: v správnych vzťahoch?

Ako teda byť a žiť medzi inými ľuďmi a nebyť zajatcom ich vôle, citov, teda: „magnetizmu ich myslenia"?

V akom kruhu možno nájsť zmysel svojho bytia, keď „v každom je stred, do ktorého sa tlačia najmocnejší"?

Lekárka sa opýtala, čo ju motivuje práve takto premýšľať.

Rút odpovedala: „Fakt, že som stratila medzi ľuďmi spojitosť slov, viet, myšlienok, názorov, postojov..."

Roztrhla sa jej hodnoverná pavučina existencie.

Ozval som sa z kúta miestnosti, kde si ma dovtedy nevšimli. Upozornil som na dva významné texty, ktoré do tejto ťažkosti mojej dcéry Rút môžu vniesť svetlo.

Citoval som štvrtý verš zo Žalmu 99: „Moc kráľova miluje právo. Ty si založil poriadok, Ty si zaviedol právo a spravodlivosť v Jákobovi." . A ďalší, ktorý nasleduje hneď za ním: „Vyvyšujte Hospodina, nášho Boha a klaňajte sa pred Jeho podnožou. On je svätý!" (Žalm 99,5).

Lekárka sa v tej chvíli k Rút naklonila, niečo jej pošepkala, potom vstala a odišla.

Sadol som si oproti Rút na ďalšiu voľnú stoličku.

Zadívala sa na moje svalnaté telo.

Odkiaľsi sa objavil starý čašník, niesol nám s úctou a dôstojnosťou kávu. Bez slova sa stratil.

Sedeli sme na terase hotela, pod nami sa spájali a rozdeľovali zvuky mesta.

Rút povedala: „Hovoríš o Bohu, ale chceš byť silný!"

Vyviedla ma z miery, mala absolútnu pravdu.

Ozval som sa až počas prechádzky, keď sa slnko už klonilo k domom a tie začali vrhať na chodník a tváre chodcov nepatrné tiene. „Chcem byť silný, aby som chránil priestor, v ktorom žiješ."

Smutne sa usmiala.

Upravila si prstami vlasy a povedala: „Ale práve tým mi silu berieš. Spomeň si, čo si mi niekedy čítal: Hospodin vyvýši roh svojho ľudu."

„Áno," prikývol som, ale text, ktorý som citoval, znel v minulom čase, hoci platí aj pre prítomnosť. „A vyvýšil roh svojho ľudu." (Žalm 148,14).

„Ako sa to stane v mojom prípade?" opýtala sa.

„Stalo sa to," povedal som, „chyba je však v nás. Vstúpili sme do toho Božieho procesu ako prekážku.

Vytvorili sme v ňom trhlinu. Uzavrieť, uzdraviť a natrieť ju olejom môže iba Kristus."

„Ako?" opýtala sa.

Díval som sa jej do tváre, potom som povedal: „Keď sa stane faktom slovo, ktoré už poznáš: Iba Boh v tebe môže založiť právo, poriadok, spravodlivosť, milosť, lásku, odvahu. Ale najprv musíš čosi viac ako *iba vedieť*, že On je svätý. A to isté platí aj pre mňa."

V tej chvíli som sa zasa ocitol v našom dome, do ktorého som sa vrátil pred časom s nákupom a v ktorom som stretol Tvorivý pôvab Umelca.

Sedel som v koženom kresle, Rút na druhej strane miestnosti. V našich pozíciách bolo čosi šachové, geometrické, priveľmi rozumové.

Prečo?

Pretože svet je rozumový. Pretože svet „korešponduje rozumovo". Natoľko rozumovo, až sa zdá, že pod stromom poznania dobrého a zlého sa sám rozhodol vziať dobro a zlo technicky do vlastných rúk. Pomocou paragrafov, zákonov, ústav, noriem, zákonníkov, pomocou všetkého, v čom sú nástrahy medzier.

Podišiel som k stolu, na ktorom stála misa s hroznom.

Náš dennodenný zápas o chlieb je ochudobnený o prvok prosby a o vedomie, že všetko, čo máme, sme mohli mať inak - ale pretože vo vzťahoch zabíjame slovom, rečou i rukou, nemôžeme podceniť to, čo musel počuť v histórii nášho času Kain.

„Hlas krvi tvojho brata volá zo zeme ku mne. Teraz budeš kliatbou zahnaný z pôdy, ktorá otvorila ústa, aby prijala krv tvojho brata z tvojich rúk. Keď budeš obrábať pôdu, nebude ti viac dávať svoju silu. Tulákom a bludárom budeš na zemi." (1. Mojžišova 4,10-12).

ÚTEK Z MESTA

Moja dcéra Rút plakala. Na jej tvár narážal z každej strany minulého času útočný hlas stríg. Čiernych kňažien. Mágov, ktorí zakliali obyčajné veci všedného dňa do rituálov.

A ju naraz obkľúčil rituál školy, vedomostí, známok, rituál suchých príkazov moci, v ktorej chýbala akákoľvek obeť srdca pre iného, rituál času, jedla, pohybu, vlastne, celej existencie bytia.

A tu sa jej vracali do mysle slová Kazateľa: „O smiechu som povedal: Pochabosť. A o radosti: Čo prospeje?" (Kazateľ 2,2).

Sedela na stoličke z vesmírneho skla, najnovší hit nábytkárskeho umenia, a v Biblii čítala pred úplne bielym pozadím: „Videl som všetko, čo sa deje pod slnkom, a hľa - všetko to je márnosť a honba za vetrom. Krivé nemožno narovnať a čo chýba, nemožno spočítať." (Kazateľ 1,14-15).

„Áno," prikývol som Rút, „ale iba vtedy, dcéra moja", a sadol som si k nej s rukou na jej pleci, „ak Hospodin do tvojho života nevloží právo, pravdu, spravodlivosť, múdrosť a lásku. Ak si to však budeš s celou mysľou a dušou i srdcom žiadať, potom už nebude celé tvoje srdce bezútešné a choré, odcudzené pre nelásku ľudí životu, ale zdravé. A Boh ti do vnútra predsa vložil dar Ducha!"

A čítal som jej text z Timotea: „Boh zaiste nedal nám ducha bojazlivosti, ale ducha moci a lásky a sebaovládania." (2.Timoteovi 1,7).

Rút sa obzrela okolo seba.

V okolitých sklách zbadala svoju vychudnutú tvár i celú postavu.

Rýchlo sa skryla do vlastných rúk, ale nepomohlo jej to.

Podišla k nej lekárka, zmerala jej tep, potom tlak, požiadala ju, aby sa postavila na váhu...a potom niekam pokojne, monotónne telefonovala.

„Neboj sa," povedal som jej. „Pôjdem s tebou."

Moja manželka kúpila v bufete minerálku, multivitamínovú ovocnú šťavu.

Ja som hovoril v miestnosti s tabuľkou „Príjem pacientov" so zdravotnou sestrou.

O chvíľku sa vo dverách ukázala čiernovlasá lekárka. Rút sklonila hlavu a počúvala informácie svojej matky. O pôrode, o svojej váhe v tom čase, o doterajších chorobách, o chorobách rodičov, o... O svojom živote, ktorý sa v tých informáciách na jej život vôbec nepodobal.

Potom sedela ticho na posteli v prázdnej izbe.

Vzápätí si ľahla, zdravotná sestra jej vpichla do chudej ruky ihlu, upravila tok infúzie.

Vyšiel som z miestnosti von.

Lekárka v bielom úbore a plášti mi povedala: „Je to vážne..."

Na stene okolo mňa boli tiene. Iba tiene.

I na ulici, v električke a na chodníku. Len tiene!

Keď som odomkol dvere bytu a vošiel dnu spolu s manželkou a synom, začalo pršať.

Sadli sme si za stôl. Mali sme zložené ruky, hoci na spoločnej modlitbe sme sa nedohodli.

Vo váze uprostred, možno v podobnej, o akej hovoril Heidegger, stála ruža, Božie Slovo, ktoré sa k nám ozývalo zo žalmov. „Jasať a radovať sa budem z Tvojej milosti, lebo si vzhliadol na moju biedu a pochopil si tieseň mojej duše."

„Zmiluj sa nado mnou, Hospodine, lebo cítim úzkosť, zármutkom chradne mi oko i duša i telo. Život mi žiaľom hynie, a moje roky vzdychaním. Podlomila sa moja sila vlastnou vinou a kosti sa mi rozpadli."

„Lebo čujem šuškanie mnohých - hrôza navôkol - keď sa proti mne spolu radia a zamýšľajú vziať mi život. Ale ja Tebe dôverujem, Hospodine. Hovorím: Ty si môj Boh!"

„Bože môj, Hospodine, na Teba som volal, a uzdravil si ma. Vyviedol si mi dušu z podsvetia, ó, Hospodine, navrátil si ma k životu spomedzi tých, ktorí zostupujú do hrobu." - „Môj nárek premenil si v tanec, rozviazal si mi smútočné rúcho a opásal si ma radosťou..."

Pred nami boli taniere, na každom ležala pripravená ryba.

V každom rohu miestnosti stál usmiaty posol s mečom.

„Počuli ste tie žalmy?" opýtal som sa ticho.

„Nemohli by sme niekedy skúsiť jesť jedlo, ktoré jedia Izraelci v čase paschy?" opýtal sa syn.

Ktosi priniesol víno, ďalší horké byliny, iný nekvasený chlieb...

„Viete sa vžiť do situácie, keď Egypt obchádzal anjel-zhubca? Aj teraz je taká situácia. Svet postihli rany, krv Kristova na verajach dverí nášho domu však hovorí: Vnútri je hostina Agapé."

„Myslíte si," obzrel som sa, „že miešam judaizmus s kresťanstvom? Nie. Ježiš, Slovo, ktoré sa stalo telom a šlo za nás na kríž, bol predsa telom Žid..."

Dvihol som pohár s vínom.

Život svojej dcéry som teraz videl cez Slovo Božie - a tiež v Ňom.

SIEDMA KAPITOLA

Dali mi biely plášť a na hlavu bielu čiapku. Dostal som dokonca aj rúšku na ústa, pretože krajinu prepadol nový vírus. Pacienti musia byť v nemocnici prísne a dôkladne chránení.
Moja dcéra Rút ležala v posteli ako po ťažkom nočnom zápase. Nepriateľ ušiel oknom, bežal cez záhradu, v záhonoch sú ešte jeho stopy. Manželka jej utrela bielou vreckovkou čelo.
Tvár mala Rút ako vyprahnutú krajinu. Ako údolie pod vrchom Hermón, z ktorého pramení Jordán. Ako údolie, odkázané na rosu a vlahu jeho končiarov, ktoré sa teraz beleli na našich hlavách. Na Hermóne došlo údajne

aj k zázračnej premene Ježiša Krista, a to v prítomnosti Petra, Jakuba a Jána.

Malý človek sa pomaly posúval po asfaltovej rieke pomedzi zelené úbočie s tieňmi listnatých stromov domov ako v zlom počítači.

Bol som to ja...

Budova niekdajšej Priemyselnej banky, ktorá predstavuje tvarovo, architektonicky stojacu veľrybu, ticho sledovala prerušovaný tok môjho jonášovského života.

Každé jej zavreté okno vedelo o všetkých mojich útekoch, pomýlených predstavách, o všetkých mojich tvrdých proroctvách i o mojom čakaní na Boží trest, ktorý mal už dávno dopadnúť na hlavy Ninivčanov.

Ako vravím, v každom okne bývalej banky bol o mne kritický záznam.

Ticho a mohutne sa kdesi v diaľke týčila tiež strecha hokejového štadióna VSŽ, architektonicky stvárnená v podobe vrany, ktorá vzlietne - alebo železa, ktoré už o svite vlastnej žiary nehovorí, ale iba o chlade a stuhnutej perspektíve v rukách človeka-budovateľa?

„Za smrteľných múk v mojich kostiach tupia ma moji protivníci a neprestajne mi hovoria: Kde je tvoj Boh?" (Žalm 42,11).

Áno, ozývalo sa to z každého okna Priemyselnej banky.

Kde je tvoj Boh?

Po košickej ulici som sa vliekol ako tieň. Viseli zo mňa handry ako prúty smutnej vŕby. Žiadna jedľa, nijaká sosna na Hermóne!

Motal som sa pomedzi ľudí ako sklamaný Peter, ktorý od premeneného Ježiša nechcel zísť do údolia ťažkých služieb, zápasov a bojov, bojov bez meča.

Ako ťažko sa bojuje len s otvoreným srdcom! Iba s rozšírenou dušou! Len s obnovenými myšlienkami, ktoré už nikomu nesmú stiahnuť hrdlo ako laso hrdého kovboja-rančera.

Sadol som si na chvíľu do kaviarne na poschodí, objednal som si kúsok jaspisu v pohári.

A tu mi zišli na um verše zo Zjavenia, ktoré som Rút kedysi čítal: „Potom prišiel jeden zo siedmich anjelov, ktorí mali sedem čiaš, naplnených siedmimi poslednými pliagami, a hovoril mi toto: Poď, ukážem ti nevestu, manželku Baránkovu! A odniesol ma v duchu na veľký a vysoký vrch a ukázal mi sväté mesto Jeruzalem, ktoré zostupuje z neba od Boha a má slávu Božiu. Jeho jas bol podobný najvzácnejšiemu kameňu, ako ligotavému kameňu jaspisu. Mesto malo mohutné a vysoké hradné múry s dvanástimi bránami, na bránach dvanásť anjelov s napísanými menami, menami dvanástich kmeňov synov Izraelských. Tri brány od východu, tri brány od severu, tri brány od juhu a tri brány od západu. Hradné múry mesta mali dvanásť základných kameňov a na nich dvanásť mien dvanástich Baránkových apoštolov." (Zjavenie Jána 21,9-14).

Teraz som Rút vnímal ako svetlo v mojom srdci. Ako dievča, „vytesané v slohu chrámovom", ako človeka, ktorý si nechal vyzliecť starý plášť egoizmu a necháva si obliekať plášť pokory, „srdečné milosrdenstvo". Ako jas jaspisu, ktorý tvorí malú časť nového usporiadania ľudských vzťahov už v tomto historickom čase. Obraz Jeruzalema, nebeského urbanizmu, mesta, ktoré zostupuje zhora a tvorí medzi nami nový projekt života, a ktoré má otvorené brány pre každú časť zeme: smerom na východ, sever, juh i západ.

Každý má z ktorejkoľvek strany šancu práve nimi do nového mesta vojsť: pravda, ak nájde Hlavnú bránu, skrytú v kríži s nápisom: Ježiš Kristus, kráľ židovský.

Alebo, naopak, ak nájde bránu až priveľmi pre celý svet odkrytú, ale nevábnu? Ťažkú? S ľudsky nezvládnuteľnými požiadavkami na prechod cez jej nárok?

Pretože nárok je iba jeden: Postav sa pred Krista, a to Toho ukrižovaného!

Oknom mi svietil do pohára s jaspisom nádherný deň.

Čas plával. Ľudia strácali hmotnosť. Čašníčka tiež. Bola vílou, ktorú telo neťažilo - neurčovalo jej smer. Vnútri už aj ona mohla byť duchovne znovustvorenou osobou. Rozprávka na to našla výraz „víla", človek, očarený ženou, hovorí o „éterickej bytosti", ale Duch Boží hovorí: „Čo ty rozsievaš, neožije, ak neodumrie. A keď rozsievaš, nerozsievaš telo, ktoré má vzniknúť, ale holé zrno, ako príde, pšeničné alebo nejaké iné. A Boh mu dáva telo, aké sám chce, a každému semeno jeho vlastné telo. Nie je každé telo to isté telo. Veď iné je telo ľudské, iné telo zvieracie, iné zase telo vtáčie a iné rybie. Sú aj nebeské telá, sú aj zemské. Ale iný je lesk nebeských a iný zemských. Iný je lesk slnka, iný mesiaca a iný hviezd. Veď leskom líši sa hviezda od hviezdy. Tak aj pri zmŕtvychvstaní. Rozsieva sa porušiteľné, vzkriesené je neporušiteľné. Rozsieva sa neslávne, vzkriesené je slávne. Rozsieva sa slabé, vzkriesené je silné. Rozsieva sa telo telesné, vzkriesené je telo duchovné. Lebo ako je telesné telo, tak je aj duchovné." (1.Korintským 15,36-44).

Pripomenul som si, ako Rút stála v nemocnici v najťažších skúškach svojho života - ako sosna, ako jedľa na Hermóne. Prijímala „vlahu zhora" priamo do srdca: ako Samaritánka pri studni s Ježišom.

Preto mohol v ťažkostiach našej dcéry nastať po niekoľkých dňoch zvrat - lekári sedia v inšpekčke okolo okrúhleho stolíka, fajčia, pijú kávu.

Jeden z nich mi ukázal záznamy. Zotavuje sa... Infúzie, B 12-tky, B 6-tka, atakďalej, ale hlavne jej sebareflexia, to všetko robí svoje.

Stál som v jej izbe a díval sa do nemocničného parku - na altánok a lavičky, a na čierne pne po zoťatých stromoch, a tiež na ružové lupene kvetov, ktoré vietor rozvieval ponad konáre a posieval nimi snovo trávu.

Ležal som potom doma na kvetovanom gauči a premýšľal v tichu pri zbytočne zapnutom televízore, z ktorého ku mne bez slov - vždy bez slov - hovorili politici o stresoch a úzkostiach sveta.

Potom som začul klaksóny a hlasy.

Z okna som hľadel na mračno dymu a fialovú piruetu sirény.

Bolo niečo po desiatej večer...

Myslel som na nejedného tyrana sveta a videl som pritom ruku, ktorá písala: Mené, mené, tekél, úfarsín. „MENÉ znamená, že Boh spočítal dni tvojho kráľovstva a spôsobil mu koniec, TEKÉL znamená, že si bol odvážený na váhe a nájdený si nedostatočným. PERÉS znamená, že tvoje kráľovstvo bude rozdelené a dané Médom a Peržanom."

To boli slová proroka Daniela babylónskemu kráľovi Bélšaccarovi. (Daniel 5,25-28), to sú slová proroka Daniela všetkým nespravodlivým a tyranským kráľovstvám aj dnes.

Pri vedľajšom bare horelo auto BMW, polícia zabezpečovala a riadila akciu, hasiči v kombinézach a prilbách ostrými prúdmi vody chránili auto pred výbuchom.

Kto je teda dnes v skutočnosti odvážený na váhe Božej spravodlivosti a nájdený ako nedostatočný? Verejní činitelia, ktorí za svojím hlasovacím pultom s úsmevom nedbajú na právo a spravodlivosť? Podnikatelia? Alebo tí, ktorí tvoria chaos ako clonu, za ktorou sa dobre konzumne žije? Som to ja? Je to moja dcéra Rút, môj syn Karol, moja manželka? Akí vlastne sme? Je nám pokánie cudzie? Stala sa z neho len mŕtva litera formálnych slov? Je to len náboženský výkon? Sklonená hlava, zakliata sochárom do kameňa?

Videl som takú blízko trhoviska, kde z prirodzených kameňov plynulo rástol mních s kapucňou na tvári, sklonenej pod bremenom previnení a hriechov.

Bola to večná modlitba bez slov, v kameni a bez srdca.

Okolo chodili chodci so zápalnými šnúrami pri okrajoch očí a mozgov, okolo chodili rýchle tváre mihotavých postáv, ktoré zastaví len tajomné písmo ruky na stenách našich malých súkromných kráľovstiev.

Ale naozaj nás to písmo zastaví?

ÔSMA KAPITOLA

V ošiel som do nemocnice s čiernym klobúkom na hlave.
Mal som mafiánsky plášť a tmavé okuliare. Tváril som sa ako ostrý chlapík.
Psychológ a psychiater už sedeli za malým okrúhlym stolíkom. Ten menší, tučný, červenolíci, fajčil. Vyzeral ako rozvedený, vnútorne zanedbaný muž, ktorý navonok len s veľkou námahou udržiava svoje obyčajné veci, počnúc pracovným plášťom a končiac primeraným perom (v ruke mal lacné, vyrobené v Taiwane), v poriadku.

Ten druhý bol sebavedomý, ale s odlupujúcou sa pozlátenou vrstvou priemeru na tvári. Má vyrovnané, nie však šťastné manželstvo, a má dosť prostriedkov - povedzme peňazí - na živobytie, ale nikdy nie dosť v rámci svojich predstáv a verejne prejavovaných ilúzií.

Nemocnica žila svojím technickým životom napriek chorobám a ich neodkrytému tajomstvu.

Personál i pacienti sa nepriamo dohodli na fakte, že choroby patria k životu, preto niet o čom diskutovať inak ako odborne a stroho.

Blížila sa ku mne vedúca oddelenia MUDr.Kráľová.

Prichádzala z hviezdy, z hviezdice.

Vyzliekla si slnečný, žiarivý plášť, nechala si uvariť v akomsi vesmírnom kávovare kávu, a potom so mnou s esenciou čierneho moku v slze skla začala hovoriť o okrajových veciach, aby ma pripravila na podstatu.

Na reč o mojej dcére Rút a o jej inteligentných, tichých očiach...

Okolo mňa bol zrazu môj dom a moje veci, a nie nemocnica a jej družina.

MUDr. Kráľovú, ale tiež psychológa i psychiatra to v prvom náraze nepatrne vyviedlo z miery ich myslenia.

Kolotoč profesionálnych úvah sa zastavil, slnko nám teraz pálilo do očí ako nebezpečná guľa pred výbuchom.

Nastalo „nič".

Nastala akási neutralita, neurčitosť, akási „entropia" - pretože všetci sme vycítili pred sebou možnosť prechodu k inej kvalite vlastného myslenia, vlastnej existencie, vlastného bytia.

„Som veriaci človek," povedal som, „a preto verím v zmysel života, ktorý nie je založený na konštrukcii, ale na spôsobe budovania toho, čo je medzi schémou každej konštrukcie, v jej vnútri i okolo nej a nad ňou, hlavné.

Rozhodujúce. Čo tvorí skutočnú výšku, šírku, dĺžku, hĺbku. Pretože konštrukcia každej stavby, i stavby ľudského tela a jeho jednotlivých orgánov, je v tomto a v takom prostredí - ja i moja dcéra ho nazývame duchovné v teréne krajiny - iba pomocná."

Psychológ sa opýtal, aký motív mi zaručuje, že v tom prostredí žijeme autenticky a aktuálne.

„Hospodinove svedectvá sú hodnoverné," povedal som. „Čítame Bibliu a žijeme. Teda, je to tak: žijeme proti prúdu vlastných predstáv, s ktorými by sme sa však najradšej stotožňovali."

„Lenže každý človek sa chce uplatniť," povedal psychiater, „a na to, aby sa - zväčša neprimerane, hoci on to vidí ako primerané - realizoval, potrebuje využiť známe modely existencie. Áno, modely životných prejavov! Áno, modely, ktoré sú pre každú generáciu a každý vek dané! Niekedy sa v nich správame extrémne. Nechceme z nich vykročiť. Uzavrieme sa do nich. Prestaneme komunikovať so súvislosťami všedného dňa, s tým, čomu ja vravím priechodné uličky normálneho života. Nemáte pocit, že sa vaša dcéra dostala práve do takého modelu, v ktorom sa stala väzňom svojich *hlbokých predstáv?"*

„Áno, isteže," prikývol som. „Nastala však zrážka so svetlom, ktoré túto ilúziu, v nej, vo mne i vo vás, rozbíja. A tu je dôležité, či sa rozhodneme pre slobodné, voľné svetlo, a či pre väzniaci model extravagantne príťažlivých konvencií momentálneho trendu života. Alebo! Alebo či sa rozhodneme pre to, aby voľné svetlo zničilo našu vírusovú mriežku a jej ilúzie úplne - ak áno, prežijeme základný obrat. Premenu, metanoiu. Obnovu mysle smerom k nášmu pôvodnému, transcendentne autentickému určeniu."

„Myslíte," opýtal sa psychiater, „že komunikujete s nejakou Vyššou Bytosťou?"

„Zákon, na základe ktorého funguje svet, nie je abstraktný. Právo a pravda nie sú iba definície. Právo, pravda, spravodlivosť nás chráni pred nepriaznivými vplyvmi okolia v charaktere lásky. Viete – Boh je tá láska! Áno, Kristus, Boh v tele sa nám ukázal ako láska na kríži! Ježiš Kristus zomrel, aby sme my mohli žiť...."

„Vás teda chráni láska?" opýtal sa psychiater.

„Chráni ma Boh, ktorý je láska!"

„Ako tá ochrana v prípade vašej dcéry vyzerá? Premýšľa vo veľkých hĺbkach, málokedy sa však usmieva! Ako to vidíte z tohto uhla pohľadu?"

„Je to do určitej miery tajomstvo - ale nie tak celkom. Iste, bol v tom veľký môj a jej hriech. A hriech mojej manželky a môjho syna. Viete, veľa vecí z nášho života musí odísť. Niekedy je v hre sám život. Človek sa ani v kríze nechce vzdať toho, čo sme tu pomocne nazvali ako model predstáv, ako ilúzia nášho bytia, bez ktorej sa - dlho si to myslíme - neoplatí existovať. Koho a ako z takého modelu vytiahnete? A za akých podmienok? Bolo to trochu ako s Lótom a jeho rodinou. Postihli nás priveľké ambície – každého bez výnimky! Z jednej strany je tu Boží plán - vyjdite zo Sodomy! - a z druhej: neprijateľnosť života, ktorý jestvuje za Sodomou. Strach „zo svätého vrchu"!

V ktoromsi žalme čítame: Kto vystúpi na svätý vrch? Iba človek s čistým srdcom a s čistými rukami! Túžime po čistom srdci „na svätom vrchu", alebo radšej po Sodome, ktorá ponúka ilúziu „čistých rúk v čipkovaných svadobných rukaviciach?"

Bol to boj „o vlastnú čistotu", ktorý sme dlho prehrávali - až po bod, kedy človek, ktorý Bohu predsa len povedal áno, nezvolá: teraz už, Bože, áno, teraz už do nás zakotvi svoju pravdu i svoju spravodlivosť!

A záchrana prišla - v poslednej chvíli!

Ako a akú?

V prvom rade nám umožnil vyjsť z modelu kybernetickej existencie, ktorá je trendom ducha tejto doby: Človeče, stvor sa sám, a to na vlastný obraz!

„Predpokladáte, že teraz už vaša dcéra v búrke technologického a súčasne novodobo spirituálneho myslenia, keď do sveta vyšlo veľa duchov, obstojí?"

„Pozrite sa - je rozdiel, či ste v dome s pokútne otvorenými tajnými vchodmi a východmi, alebo v meste s hradobnými múrmi, v ktorých sú brány jasne vyznačené. Každá je súčasne Kristovým krížom i Kristovým otvoreným hrobom."

„A to je vaše svetlo?"

„A to je naša trvalá nádej."

DEVIATA KAPITOLA

Nemocnicu obsadili tanky.
Keď to moja dcéra Rút zbadala, odkväcla blízko okna na podlahu...
Dotkla sa jej ruka Rómky, ktorá rýchlo vyskočila z vedľajšej postele...
Cigánska kapela v tej chvíli spustila muziku.
Primáš hral na husliach, na čele sa mu perlili kvapky lásky. V ich lesku, ktorý plával v bublinách predstáv, bol draslík.
Pršal Rút na bielu tvár a dotýkal sa jej celého tela ako manna chleba z neba.
„Ja som chlieb života," povedal Ježiš.

Rút si tie slová pripomenula, pomaly vstávala.

Do budovy internej kliniky však už vstupovali prví dôstojníci v uniformách.

Boli to samé ženy...

Psychologička, vedúca oddelenia C, ryšavá lekárka.

Sestrička v modrom pokrkvanom plášti rýchlo otvorila presvetlenú miestnosť.

Mladú Rómku prerušili uprostred tanca, dostane infúziu, aby sa počas „rokovania o zdravotnom stave mojej dcéry" nepohla z postele.

Psychologička v uniforme prvého dôstojníka si sadla za stôl, prstom rozkrútila malý glóbus a rukou ho o chvíľu hrdo zastavila.

Videl som fliačik Európy. A v tom fliačiku?

Ja, zrnko prášku...

Stačí dýchnuť a to zrnko nebude.

A nebudem ja, a nebude ani moja dcéra Rút, a nebude ani moja rodina.

Psychologička vytiahla fascikel, povedala:

„Navrhujem dlhodobú liečbu. Hospitalizácia je nevyhnutná. Mesto si môžete vybrať. Laborec, Hornád - nám je to jedno." Uvedomte si: 15 percent pacientov s hlbokým premýšľaním „o čistom srdci a čistých rukách" končí smrťou. Srdce vašej dcéry je slabé. Vnútorné prostredie organizmu - zatiaľ je v poriadku, ale: vždy je tu hrozivé „ale", s ktorým musíte počítať..."

„Pozrite sa," pokračovala, "tam jej bude dobre. Naši odborníci chodia ľahko. Občas spievajú. Ich srdce nikoho nezaťaží. Dosiahli sme, že svoj svet a svoje problémy nechávajú pred dverami nemocnice."

Otvoril som Bibliu, chcel som prečítať text z Matúša 11, 25-30: „V ten istý čas riekol Ježiš: Chválim Ťa, Otče, Pane neba a zeme, že si toto skryl pred múdrymi a rozumnými a zjavil nemluvňatám. Áno, Otče, lebo tak sa Ti ľúbilo. Všetko odovzdal mi môj Otec a nikto nezná Syna len Otec, ani Otca nikto nezná len Syn a komu by Syn chcel zjaviť. Poďte ku mne všetci, ktorí sa namáhate a ste preťažení. Ja vám dám odpočinutie! Vezmite na seba moje jarmo a učte sa odo mňa, lebo som krotký a pokorný v srdci a nájdete si odpočinutie duši. Lebo moje jarmo je lahodné a moje bramä ľahké!"

V tej chvíli sa však ozval vo vrecku môjho saka mobil.

Vyšiel som na chodbu...

Volal môj právnik. „Čisté srdce a čisté ruky, nuž, podľa vás je to Kristovo objatie, ale naše dnešné náročné profesionálne a odborné prostredie - ..."

Vypol som mobil.

Vložil som ho opäť do saka a premýšľal som, obkľúčený mriežkou tieňov, koho prosiť v takej situácii o pomoc?

Začal som sa modliť.

Potom som zavolal z mobilu psychologičke v dôstojníckej uniforme, že s hospitalizáciou mojej dcéry Rút na ich klinike nesúhlasím.

„Áno, trvám na tom, že pohľad na Kristovu tvár je pre nás rozhodujúci!"

Domov som prišiel vyčerpaný, ale len čo som sa zvalil do kresla, telefonovala moja príbuzná z USA.

...má neurózu, dlhy, stráca zamestnanie, policajti jej naparili pokutu, bez poistky ležala jeden deň v nemocnici so zvýšeným tlakom, okrem upozornenia za nevyplatený nájom ju čaká tisícdolárový účet za niekoľkominútovú liečbu...

Prerušil som ju otázkou: „Ako sa máte?"

„Ako sa máme?" opýtala sa začudovane. „A vy?" zašeptala.

„Môjmu synovi nasadili v škole obojok," povedal som, „ale na druhý deň ho obvinili, že sa provokatívne dusí. Rút zasa nedávno prestúpila zo školy, kde ju súkromne psychicky tajne bičovali, do Areálu zdravia, kde ju už konečne kameňovali verejne, ba dokonca podobne, ako Pavla v Ikonii, v čase, keď bol v Lystre a v Derbe, totiž, keď sa Židia spojili s pohanmi, aby ho spoločne obvinili ho z rúhačstva, atakďalej! Inak, čo máš nového?"

Potom sme rozhovor skončili.

Chvíľu som so slúchadlom v ruke ešte sedel blízko stolíka s aparátom, ale keď som chcel z kresla vstať, zrazu som sa bez výstrahy srdca zviezol na zem.

„Asi mám málo draslíka," pomyslel som si s kropajami potu na čele.

V tej chvíli ku mne nečakane podišiel primáš cigánskej kapely, utrel mi čelo snehovou vreckovkou a ja som zrazu zazrel Rómku v atraktívnom bedrovom tanci.

Dvihla ruky v piruete radosti k akejsi vzácnej nádeji, a potom kvílivo, bolestne spievala...

S námahou som sa tackal ku kreslu...

Kedy sa to skončí?

Pane, kde je to ľahké jarmo? Ako ho mám niesť?

V rozochvenej ruke som držal pohár s vodou. Trvalo mi niekoľko minút, kým som ho dvihol k ústam.

I tak mi voda tiekla po brade a po košeli ako mužovi, ktorý všetko prehral.

Všetko!

Zdravie, česť, dôstojnosť. Pokoj, ticho, prácu. Rodinu, vyrovnanosť, harmóniu. Všetko! Ktorý všetko stratil!

„Duch muža vydrží chorobu, ale kto znesie zroneného ducha?" spomenul som si na verš z knihy Prísloví (Príslovia 18,14).

Hneď za tým sa však v mojom vnútri ozval iný text, iné Slovo:

„Prečo si sklesla, duša moja, a zmietaš sa vo mne? Očakávaj na Boha, lebo ešte ďakovať budem Jemu, spaseniu svojej tváre, svojmu Bohu." (Žalm 42,6).

Vtedy ktosi zaklopal na dvere môjho domu.

Dnu vošiel starší muž v čiernom talári.

Prisunul som mu doprostred miestnosti kreslo.

Pokynul, aby som si sadol oproti.

Povedal: „Vieš o svojej pýche v cirkvi? Bol si kalvín, však? Čo si si myslel, aká je tvoja úloha - spasiť svet? Najprv kalvínsky, a potom svet všetkých? A ešte by si si ku mne prišiel po diplom! Ďalej: prečo tá nenávisť voči kybernetickým formulkám? Majú hluché uši a slepé oči a srdce ako Saharu? A občas, každý poldeň, železné srdce ako spenenú, svišťavú Niagaru? Dobre, ale to nie je tvoja vec! Och, železné ruky železného srdca hrdúsili aj tvoje deti? Dobre - ale ty nie si anjel s mečom! Ba nebudeš ani Petrom s mečom! Odtínať hluché uši? To by sa ti páčilo? Nie! Ty to robiť nebudeš! Poďme ďalej: čítaj tento text!"

A podal mi otvorenú Bibliu.

Nalistoval som Zjavenie Jána 6, 12-17.

„A keď otvoril (Baránok) šiestu pečať, videl som: nastalo veľké zemetrasenie, slnce sčernelo ako srstená vrecovina a mesiac bol celý ako krv. Hviezdy nebies padli na zem, ako keď figovník, zmietaný veľkým vetrom, striasa zo seba figy. Nebo sa rozstúpilo ako zvinutá kniha a všetky vrchy a všetky ostrovy pohli sa z miesta. Zemskí králi a veľmoži, vojvodcovia, boháči, mocní a všetci otroci, aj slobodní skryli sa do jaskýň a medzi bralá vrchov a volali vrchom a bralám: Padnite na nás a skryte nás pred tvárou Sediaceho na tróne a pred hnevom Baránkovým, lebo prišiel veľký deň Ich hnevu! Kto obstojí?"

Takže teraz mi odpovedz, ako obstojíš ty!

Rýchlo som listoval v knihe Luďka Rejchrta a hľadal komentár, ktorý som nedávno čítal.

„Je viac ako pozoruhodné, že stredoveká teológia slová o zrútení sa kozmu nechápe doslovne, ale iba ako metaforu, ako alegorický, inotajný symbol, vyjadrujúci skutočnosť iného charakteru, poriadku. Pohyb zeme a neba chápe ako trápenie tela a duše, zatmenie slnka je pre ňu upozornením na zatmenie svetla sveta, Krista, v ľudských srdciach, krvavý mesiac znázorňuje porušenú cirkev. Obrazom kresťanov, ktorí sa kedysi skveli príkladným životom a duchovne upadli, sú padajúce hviezdy."

„Vidím sa ako padajúca hviezda," povedal som ticho.

„A čo ešte vidíš?"

„Hviezdu od východu. Krista," povedal som nesmelo.

„Krista! Vieš, že On je s tebou? Že je to Immanuel? Boh s nami? Počúvaj Ho - a budeš žiť!

Vtedy vytiahol spod čierneho talára tlakomer s displayom.

Meral mi tlak.

„Dobre!" prikývol a prv, než odišiel, zdôraznil: „Nauč sa hovoriť len to, čo ti poviem, a nie to, čo chce kričať tvoje rozbúrené *železné srdce*!"

Chvíľu som ticho sedel na stoličke pred prázdnym kreslom, potom som si obliekol novú košeľu, uviazal novú kravatu, obliekol nové sako, a opäť som šiel do Fakultnej nemocnice.

Tanky tam ešte stále stáli s hlavňami namierenými do okien.

Ktosi mi chytil rameno.

Obrátil som sa...

Bol to anjel s mečom, vyšší o dve hlavy ako ja.

Ukázal mi na otvorenú bránu.

Kráčal som v páse svetla ku psychologičke v dôstojníckej uniforme.

Ona anjela, ktorý vyzeral ako obor z inej galaxie, zjavne nevnímala.

Povedala: „Tak ako ste sa rozhodli?"

Anjel mi opäť položil ruku na rameno.

Mlčal som.

Dnu vošiel sudca v čiernom talári.

Otvoril knihu. Obvinil psychologičku, vedúcu lekárku oddelenia C i ryšavú lekárku zo samovražednej deštrukcie vnútorného prostredia ich organizmu.

Kázal im vstať.

Mali odovzdať zbrane.

Ryšavá lekárka sa pokúsila rýchlo zvrtnúť revolver proti jeho hrudi, ale prv, než stihla stlačiť spúšť, padla v kŕči na zem.

Sudca v čiernom talári smerom ku mne oznámil:

„...je koniec mašinérie úradných mechanizmov mestského stroja, média, je koniec oceľových mečov, na ktorých sú gravírované znaky násilnej moci. Hovorte!"

Utrel som si od strachu spotené čelo.

„Ja?"

„Áno, vy!" povedal a posadil sa.

Obrátil som sa....

Za mnou sedeli biskupi, kňazi, riaditelia vplyvných médií, množstvo verejných funkcionárov, potom profesori, lekári, psychológovia, primátori, poslanci, hlavní kontrolóri magistrátov, dôležití ľudia so „strojom času na rukách"...

„Pane, zmiluj sa!" zľakol som sa.

Niekto otvoril okno.

Akoby vyletelo z pántov, sklo sa však nerozbilo.

Obloha potemnela!

Búrka?

Siréna!

„U nás tornáda nikdy neboli!" skričal primátor a utekal bez plášťa, aktovky a mobilu von, a potom dokonca *preč z ohrozeného mesta...* .

Za ním bežali z mesta riaditelia škôl, za nimi psychológovia v dôstojníckych uniformách, za nimi hlavní kontrolóri miest, za nimi poslanci, za poslancami - *celé mesto!*

„Hovor ďalej!" povedal sudca v čiernom talári.

„Bože! Zmiluj sa nad nami!"

Bol som to skutočne ja, kto zakvílil tých zopár slov?

Ľudia vo funkciách sa tisli ako kusy šialeného mäsa do tankov, ich hlavne sa odvracali od budovy nemocnice.

Vyšľahlo nad nimi svetlo - a mohutné tony železa náhle sčervenali ako mesiac.

Vojnové vozy sa do seba zrútili!

Zostali z nich len červené fľaky v mojich predstavách, zostala z nich len červená žiara v malých srdiečkach mojich očí.

Pane, zmiluj sa!

EPILÓG

Televízne štúdio.
Kamery. Zažne sa červené svetielko.
Záznam beží.

REDAKTOR
Náš cyklus rozhovorov *Útek z mesta* alebo Súd v bráne pokračuje druhou časťou. Pri televíznych obrazovkách vítam všetkých, ktorí nás sledovali už pred týždňom, a tiež tých, ktorí sa s našou reláciou oboznámia práve v tejto chvíli. Na úvod dáme slovo autorovi rovnomennej knihy.

SPISOVATEĽ
(Krátke váhanie, potom plynulý tok reči)
Človek uvažuje s plnou vážnosťou o pravde vtedy, keď sa ho existenčne a existenciálne dotýka lož. Keď ste dlho v úplnej tme, túžite, aby sa rozsvietilo svetlo. Keď vám dochádza kyslík, žiadate, aby niekto urýchlene otvoril okno alebo vyviedol vás zo zamorenej miestnosti von.

Ocitol som sa v stave, keď ma ťažila váha sveta. Jeho smrteľný hriech a následky toho hriechu, ktoré sa k nám približujú ako ničivý hurikán. Dlho jeho možný vpád nevnímame a nepripúšťame si ho. Ale keď sa o ňom objavia prvé správy a on sám sa ako čierny roztočený stĺp mohutného mraku ukáže na obzore potemnenej oblohy, je zvyčajne neskoro. Autom sa už nedá nikam ujsť a mnohé domy pod tlakom jeho strhujúcej rýchlosti a váhy padnú.

Keď o čomsi podobnom kedysi písal mladý Francúz z Nice Jean Maria-Gustav Le Clézio vo svojom románe „Zápis o katastrofe", smial som sa. Dnes už na tú ošúchanú knihu so strohou grafikou na sivom obale siaham s vážnym zrakom. Predpovede srdca sa spĺňajú. Predpovede srdca, v ktorom sa hriech dlho kolísal ako v hojdacej sieti a bolo mu v ňom dobre, lebo svet sa zdal vo svojej neohrozenosti nádherný, aj keď hriech sa nikdy od človeka veľmi nevzdialil. Nebolo takej spoločnosti, ktorá by sa mu mohla úspešne vyhnúť, pretože niet na svete okrem inštitútu dvoch alebo troch, ktorí to myslia s Bohom vážne, takého miesta, kde by sa proti hriechu mohol zrodiť protitlak mocnejšieho kráľovstva, než akým disponuje on sám. Napokon, dôkazom o slabosti kráľovstva hriechu v porovnaní s kráľovstvom Božej spravodlivosti svedčí aj fakt satanovej ponuky na púšti Ježišovi: Ak sa pokloníš, hľa, dám ti všetky kráľovstvá - a myslel na ich pozemské mocnosti a sily, ktoré sú okolo nás, v panoráme celého okruhu zeme. Ak sa mi pokloníš... Ježiš to neurobil, ale my? Ja? Vy? Ty, oni?

A práve v čase pokúšania človeka a ľudského spoločenstva sa v rozhovoroch medzi mysliteľmi, filozofmi, politikmi, vedcami a náboženskými hodnostármi prejavuje „kríza zodpovednosti za vlastné unáhlené či špekulatívne postoje", keď sa pôvodcovia akýchkoľvek škôd, prechmatov, úkladov, a každej devalvácie všetkých ľudských hodnôt nemusia zo svojich činov jednoznačne a dôsledne zodpovedať. Tak medzi nami vzniká hurikánový stĺp hriechu, ktorý jedného dňa zmetie vedomých vrahov ľudského spoločenstva, ale aj všetkých, čo ten hriech úpadku pravdy a jej pohodlného miesenia so lžou trpia.

Vtedy má žalmista právo vysloviť kruté vety: „Za dobré sa mi odplácajú zlým, za moju lásku nenávisťou. Ustanov nad ním bezbožníka, nech mu žalobca stojí po pravici. Nech ako vinník vyjde zo súdu, nech je hriechom aj jeho modlitba. Jeho dní nech je čím menej a nech iný prevezme jeho úrad. Nech osirejú jeho synovia, manželka nech mu ovdovie. Jeho synovia nech sa túlajú a žobrú, zahnaní od svojich rumov. Nech mu veriteľ zaberie všetko, čo má, nech mu cudzí ulúpia jeho imanie. Nech mu nikto nezachová priazeň ani zmilovanie jeho sirotám. Buď vyplienené jeho potomstvo, ich meno vytreté už v druhom kolene. Buď vina jeho otcov v pamäti u Hospodina, hriech jeho matere nech nie je zotretý. Nech sú stále pred Hospodinom, ich pamiatku nech vyhladí aj zo zeme, pretože nepamätal dokazovať lásku, prenasledoval úbožiaka a chudobného, aby usmrtil skrúšeného srdcom." (Žalm 109, 5-16).

Kruté slová? Nepochopiteľný výlev hnevu v Biblii?

Alebo skôr váha hriechu, ktorá je presne a precízne, s plnou váhou svojho dopadu, viditeľná práve na človeku?

Áno, hriech chce s človekom skoncovať - a človek sa z pôsobnosti hriechu, napriek Božím varovaniam, vysloveným ústami prorokov, smeje. Zľahčuje jeho závažnosť. Obrusuje jeho hrany. Prispôsobuje si silu hriechu svojim možnostiam, ktoré naň majú stačiť.

Ale tu prichádza žalmista a vraví: Tak potom, Bože, dopraj im skutočnú chuť a trpkosť toho, čo v sebe hriech naozaj nesie. Pretože nepochopili, že úplne nepadli a nestratili sa v jazere, kde žije Rahab, iba preto, lebo najostrejšie hroty ich hriechu si lámal, aby nemuseli hynúť bez milosti. Tu naozaj znie výkrik: Nech je teda milosť zastretá! „Buď vina jeho otcov v pamäti u Hospodina, hriech jeho matere nech nie je zotretý..." Nech teda dedičnosť hriechu prechádza z generácie na generáciu, ak spôsoby starého Adama nikoho dosiaľ nevyviedli z miery a neprivedli do šoku. Pretože: kto je zo svojich hriechov šokovaný? Koho šokujú hriechy otcov a matiek? Kto skríkol: Voláme kohokoľvek, kto disponuje cenou, vďaka ktorej možno postupnosť hriechu zlomiť, zvrátiť, zničiť, zlikvidovať? Túžime, aby sa ľudská spoločnosť opäť vrátila do pôvodného stavu?

Do pôvodného stavu?

Ľudské spoločenstvo môže prijať niečo väčšie, slávnejšie: a to div Nového Zákona a div možností, ktoré sú v Božom Synovi, v Ježišovi Kristovi!

Boh tým, ktorí váhu hriechu naozaj prežili a teraz sú v šoku z vírivej moci zla ohrození jej bezprostrednou skazou, skutočne pripravil milosť – len či ju chcú prijať?

Teda: už nie koketéria s kapacitou hriechu, už nie najprv veda, filozofia, politika a náboženstvo nadovšetko, ale...

Kristus v nás!

Preto žalmista tým, ktorí milosť odmietajú, vraví: Tak im teda, Bože, dovoľ, aby vstúpili sami do zápasu so zlom, a aby na nich siahlo najväčšou potenciou svojej podstaty - veď oni si ho i jeho pamiatku prajú ako skalp svojej domnelej moci!

Tak teda ukáž, Pane, človeku, aká je jeho sila neúčinná, keď sa Tvoja ochranná ruka spred jeho ohrozenej tváre naozaj stiahne.

Mussolini kričal: Ak existuješ, Bože, zraz ma!

A Boh ho nezrazil, nuž Mussolini niekde pri šampanskom konštatoval - vidíte, niet Boha!

A mnohí ďalší kričali: Ak si, Bože, zachráň teda tých, na ktorých teraz siahneme! Zachráň svojich zvestovateľov spásy! Veď si mocný!

Možno takto sa smial Antiochus Epifanos IV., možno takto sa smial Julius Cézar, a podobne azda aj Nero, a Hitler, a Lenin, a...

A kto ešte?

A tu prichádza žalmista a vraví: Zastri im milosť. Im, ich rodine, ich elite, ich sociálnemu kruhu.

V tej chvíli čitateľ Biblie stŕpne. Zľakne sa, že toto môže byť pred Bohom, ktorý sa v milosti zdá slabý, akceptovateľné. Ba čitateľ 109. žalmu azda povie: Takúto prosbu nikto nesmie pred Bohom vysloviť! Mohla by to byť kliatba!

Ale žalmista o tom vie, a ďalej prudko a jasne, nedvojznačne vraví: „Miloval kliatbu, nech príde naňho... - Kliatbu si obliekal sťa oblek, nech vojde do neho sťa voda, do jeho kostí ako olej. Nech mu je oblekom, ktorým sa halí, a pásom, ktorým sa vždy opasuje." (Žalm 109,17-19).

Protestuje niekto? Uznáva zrazu štatút milosti, keď je aj v Biblii položený akcent na: reč o „nemilosti", ktorej mnohí s ľahkým srdcom denne dávajú suverénne právo na existenciu?

Vy, ktorí ste si zvolili násilie ako oblek - neumožníte Bohu uplatniť právo na nemilosť, na nezľutovanie? Pri sebe nie? Pri tých, ktorí poriadok Božej spravodlivosti, zakotvenej v Kristu, obchádzajú, tiež nie?

Má im byť dovolené prijať Božiu milosť bez kríža, bez Krista, bez Božej spravodlivosti a Božieho predurčenia?

Nech to tak nie je, kričí žalmista znovu: „Buď vina jeho otcov v pamäti u Hospodina..."

Strašné? Nevýslovne ťažký žalm, pri ktorom musí klesnúť v obavách každá duša... Je - môže byť - Boh aj Bohom, ktorý „definitívne človeka zavrhne"?

Kontúry milosti tu zrazu nadobúdajú inú príťažlivosť a človek, ktorý sa s Božou milosťou hral ako s koloratúrou ľahkej piesne, je zrazu v šoku.

Áno, Boh je Bohom práva! A kto si myslí, že prijme lásku bez spravodlivosti, ten klame seba a iných...

To sú v skutočnosti slová žalmistu, ktorý volá k Bohu v extrémnej osobnej situácii, keď túži po spáse sveta, ale u tých, ktorí majú dvihnúť nad hlavy ľudských spoločenstiev vlajku práva, vidí len tvorbu posmešných projektov vlastnej bezbožnosti.

V tejto situácii som zatúžil po malom Božom svetle vo svojej nepatrnej ľudskej existencii na ohraničenom kúsku svojho bytu.

A svetlo prišlo!

A Boží hlas zaznel!

A v Jeho slove bolo uistenie: Keď voláš ku mne, neboj sa, že ti odpoviem prázdnym snom. Iba nejakou lacnou útechou, ktorá dnes je a zajtra sa stratí.

„Či nie je moje slovo ako oheň? - znie výrok Hospodinov - a ako kladivo, ktoré rozráža skalu?" (Jeremiáš 23, 29).

Áno, musel som odpovedať: Je práve také, Pane...

Je práve také a ja som ho práve počul...

REDAKTOR
Dobre, ďakujem. O chvíľku urobíme rozhovor. Vydýchajte sa, o takých... päť minút?
O päť minút začneme!
Produkcia, pohár džúsu! Áno, sem! Môžeme?
Ideme na záznam! O tri štart!

(po pauze)

„Po vydaní vašej knihy vás mnohí vnímajú ako charitatívneho alebo charizmatického človeka. Je to správny postreh?"

SPISOVATEĽ
Nepovedal by som to tak. Dotkol sa ma Boh svojou milosťou. Spoznal som Krista a Jeho lásku. Boží pokoj je však dramatický. Ustavične sa v nás tvorí.

REDAKTOR
„Chodia k vám ľudia, ktorí potrebujú pomoc. Duchovnú oporu."

SPISOVATEĽ
Modlil som sa za to, aby sa Božie Slovo o duchovnom dome v mojom prípade naplnilo. List Petrov ma v tejto časti textu otvoril pre službu, ktorú si človek nemôže vybrať sám. S ňou prichádzajú aj dary. Dary milosti. Niečo, čo sa nedá naučiť ani získať cvikom. Je to dar do práce na Božom poli. Ale Božím poľom je jednoducho svet v tej čiastke a v tej mierke, v ktorej žijete.

REDAKTOR
„Je ťažké modliť sa?"

SPISOVATEĽ

Modlitba, to je živý záujem o stretnutie s Bohom a človekom. Neexistuje stretnutie „iba s Bohom" alebo „iba s človekom". Tie dve stretnutie sú stretnutím v jednom ohnisku. Kto sa modlí k Bohu, hovorí s Ním ako človek, ktorý chce sám seba nájsť a objaviť. A to môže iba v Božom svetle. Človek hovorí: Príď, Bože. Dlhý čas nevie, že môže povedať: Príď, Pane. Maranatha. A to je prosba o druhý príchod. Náš svet a svet Božieho kráľovstva je prepojený Kristom a Božím Duchom. Krížom a otvoreným hrobom. Slovom zjavenia a tým, o čom Biblia hovorí ako o „Slove, ktoré sa od človeka a zo zeme k Bohu nevráti prázdne", ale Jeho zmysel sa medzi nami a v nás uskutoční. Uskutočňovanie zmyslu Božieho Slova v nás je prienik Božích znovu stvorených skutkov do našich životov - pretože staré nebo a stará zem tu nebudú večne, ale premenia sa Božím znovustvoriteľským aktom na nové nebo a novú zem. Tento fakt má svoj počiatok na tejto zemi vo vzkriesenom Kristu. Áno, hlásame vzkrieseného Krista - nového Adama, v ktorom - a iba v Ňom - sme aj my „novými ľuďmi".

REDAKTOR

„Na službu, o ktorej hovoríte, potrebujete určité biblické vzdelanie. Zbehlosť v Písme. Nie ste však farár, ani kňaz v tom tradičnom, štatutárnom slova zmysle."

SPISOVATEĽ

Áno, to je pravda - ale problém s tým môže mať len človek, ktorý neakceptuje, že každý znovuzrodený veriaci kresťan je kňazom. Apoštol Peter vraví: „Ste svätým kňazstvom..." Ste svätými kameňmi. Máme sa na duchovný dom budovať, vzájomne si slúžiť. Potom už ide iba o špecifikáciu a charakter služby na základe tých duchovných darov, o ktorých Biblia hovorí ako o daroch Svätého Ducha. Rozpoznáva a akosi nepísane ich kodifikuje medzi veriacimi živá cirkev - živé kamene, sväté kňazstvo kresťanov.

REDAKTOR
„Môže byť skutočným kresťanom každý človek?"

SPISOVATEĽ
Môže ním byť každý, kto sa chce pred Bohom stíšiť. Ak pred Bohom len kričíte, nikdy ho nezačujete. A pod „krikom pred Bohom" myslím najmä na uplatňovanie vlastnej vôle a vlastného mena tam, kde sa inak bežne modlíme: Otče náš, posväť sa meno Tvoje, buď vôľa Tvoja. Tento rozpor málokto chce vidieť a vnímať. Kým sa v nás nevyrieši, je každé naše pokánie falošné.

REDAKTOR
„Žijete v cirkvi? Tvoria ľudia, s ktorými počúvate Slovo Boha živého, súdržné spoločenstvo, o ktorom by sa dalo povedať, že má všetky legálne prvky „zhromaždenia", ecclésie? Teda tých, ktorí sú do jedného celku zvolaní Slovom Božím?"

SPISOVATEĽ
Pravdaže, všetci, ktorí počúvajú Slovo Božie ako živé, do takého spoločenstva patria.

REDAKTOR
„Je cirkev, v ktorej žijete, vernou cirkvou?"

SPISOVATEĽ
Vernou? O vernosť stále zápasíme. A Boh nás vracia k sebe palicou, ktorá usmerňuje. Neraz sme prežívali tvrdú výchovu, akú poznala cirkev v Sardách, ale aj v najväčšom utrpení sa medzi nami a v nás uskutočňoval a stále uskutočňuje div Božej moci, akú poznal izraelský ľud na púšti, keď žil len z manny.

REDAKTOR
„Rozhodujúce je pre vás Božie Slovo."

SPISOVATEĽ
Rozhodujúce je počuť ho a žiť v Jeho moci a pôsobnosti. Počuť Božie Slovo neznamená, že nás duchovná kríza obchádza. Často je to rozhovor Pána a Eliáša, ktorý na otázku: Prečo si taký roztrpčený, Eliáš? odpovedá: Pretože iba ja som Ti verný, a pritom sa mi vôbec na mojej pozemskej púti nedarí podľa vlastných predstáv! Hľa, aký mocný je koreň ľudskej prosby „buď vôľa moja, Pane!" Napriek tomu v nás Božie Slovo víťazí. My sme len ľudia, On je však Boh. Totiž: Boh, ktorému patríme. A v tom je podstata.

REDAKTOR
„Je váš život s Kristom životom na zemi? Žijete medzi ľuďmi, ktorých tvár je nahá? Prosiaca? Vidíte ich?"

SPISOVATEĽ
Áno, žijeme na zemi. Na zemi, ale v Božom svetle, preto kráčame do neba, kam nás vedie Kristus. Je to jednoduché. Pravda, jednoduché v tom, čo má človek robiť, keď vo svojej blízkosti vidí prosiace, utrápené oči... Ťarchu na smrť unavených unesie len Kristov kríž.

REDAKTOR

„Prečo spoločnosť odmieta úplný nárok Božieho Slova? Myslím teraz na spoločnosť, reprezentovanú médiami, komunikačnými prostriedkami."

SPISOVATEĽ

Pretože svet nie je cirkev. Ale otázku možno aj predĺžiť: Prečo normatívnosť zjaveného Božieho Slova odmieta často aj inštitučná cirkev? A odpoveď je obdobná: pretože cirkev ako organizácia ešte nemusí byť stavbou živých kameňov. Učeníci obdivovali jeruzalemský chrám, znak a symbol dokonalej organizácie a náboženskej prepracovanosti toho, čo by sme mohli nazvať „uzákonnenou úctou k Bohu". Ježiš nie. On jednoducho svojim učeníkom prikázal, aby sa po Jeho odchode k Otcovi sústredili na jedno miesto a čakali na príchod Božieho Ducha, ktorý ich spojí do jednej živej stavby. Pretože boli tejto výzve poslušní, živá stavba živej cirkvi zo živých kameňov vznikla. A stala sa putujúcou. Inou cirkvou nemôžeme a nechceme byť. Putujeme tam, kde nám to ukazuje šípka Božieho Slova. To je Nový Zákon. Kristus ide pred nami, my Ho iba nasledujeme.

V tom je nádej živého kresťana...

Je vždy živá v smere života, o ktorom Ježiš hovorí: Ja som Život, Cesta i Pravda.

Nie sú to frázy. Je to istota malého človeka medzi veľkými bralami a útesmi hôr. Pod strhujúcimi vodopádmi cudzích slov. Otvorenou ostáva otázka, ako vyzerá cesta v Kristu. Ak si niekto myslí, že je to Biblia ako prameň literatúry, modlitebná knižka ako prameň duševnej úľavy, kostol ako miesto azylu bez osobnej zodpovednosti akceptovať Božiu vôľu na každom mieste zeme, potom sa veľmi mýli. Cesta v Kristu je prašná. Odohráva sa všade, kde žijeme.

REDAKTOR
„Aj kresťan má však chvíle, keď je prázdny. Keď nemá nijakú oporu. Keď sa v kríze nemá o čo oprieť. Keď si myslí, že sa mu stráca aj Kristus..."

SPISOVATEĽ
To sú situácie trhlín. To je udalosť priepasti. Objavuje sa pred nami raz vo väčšej, inokedy v menšej miere. Ale Ježiš je Ten, ktorý každú priepasť preklenul. Preto Ho potrebujeme: aby sme mohli ísť dopredu. Aby sme mohli žiť. Prekážky, ktoré prekonávame vo všedných dňoch, len zdanlivo prekonávame my sami. Keby nám Ježiš nepremostil trhliny času, ktoré môžeme nazvať aj každodennou smrťou v nás, nikdy by sme nemohli urobiť ďalší krok, teda prejsť do ďalšej etapy nášho života. Niekto to však vidí a ďakuje za to, niekto zasa touto Kristovou milosťou pohŕda. Je presvedčený, že žije z vlastných síl. Z vlastnej potencie, z vlastného zdroja. Že jeho dych nikto neudržiava. Že dýcha sám od seba, pretože vlastný dych i vlastnú dušu či vlastného ducha má vo svojej hrsti. Pravdaže, tak to nie je a vedel to už prorok Izaiáš, keď zaznamenal nasledujúce slová o Božej milosti a Božom milosrdenstve:

„Lebo nebudem sa prieť naveky a nebudem sa navždy hnevať. Lebo zmizol by duch spred mojej tváre i dýchanie, ktoré som ja utvoril. Pre hriech jeho chamtivosti som sa rozhneval, zbil som ho, skryl som sa a hneval som sa, on však odvrátený šiel cestou svojho srdca. Videl som jeho cesty. Ale uzdravím a poveďiem ho, odplatím mu potešením." (Izaiáš 57, 16-18).

Tu ide o to, že pred mnohými šípkami sa pre tú správnu vieme rozhodnúť len vtedy, keď máme duchovne uzdravený zrak a sluch. Lebo vo svete je veľa obrazov, symbolov, znakov a znamení, a veľa zvukov, signálov, šifier a kódov.

Kto by sa medzi nimi vedel rozhodovať, keby mu na cestu orientácie nesvietil Duch Boží do jeho ľudského ducha? Duša človeka sa na okrajoch tohto spojenia rôznym spôsobom zmieta - to sú naše pády, hriechy, odpor voči pravde, to sú naše ľudské svojvôle.

Božia vôľa má však, ak sme sa pre ňu rozhodli ako pre určujúcu a sprostredkovanú cez Písmo, zvláštny charakter: nepredkladá pred nás knihu s pravidlami a normami, ale formuje naše srdce. Tvorí ho nové, také, ktoré premýšľa spôsobom, akým nedokáže premýšľať rozum.

Hlboko v srdci je totiž duch premýšľania, ktorý dáva možnosť nášmu rozumu tlmočiť hlboké Božie pravdy aj uprostred hluku civilizácie zrozumiteľným spôsobom, jazykom dňa, pričom Slovo večnosti je v ňom svojou inšpiráciou, zjavenou Pravdou, uchované ako stále činné a denne aktuálne. Ako živé.

REDAKTOR
„Je Božie Slovo človeku vždy nablízku? Aj vtedy, keď sme v najťažšom hriechu?"

SPISOVATEĽ
Práve vtedy. Totiž - práve vtedy je k nám najbližšie z inej strany. Aká je to strana? Odkiaľ vtedy k nám Božie Slovo prichádza? V takej situácii je ako lekár. Dvíha nás. Ošetrí. Pomôže vstať. Dovedie nás na správne miesto odpočinutia. Zotrie nám z čela pot a z okrajov očí slzy.

Stanoví diagnózu. Otvorí okná do sveta - umožní nám, aby sme zrazu videli svoj život panoramaticky, prehľadne, ale aby sme pritom nestratili zo zreteľa detaily. Umožní nám skutočný odpočinok. Podaruje nám svet rozhovorov, ktoré budú plynúť k nám, aby nás oslovili v jedinom slove: v našom osobnom mene.

Ježiš v takej chvíli ukáže každému zranenému, že tu jestvuje reálny svet a skutočný prameň vzťahov, v ktorom a cez ktorý k nám zaznieva informácia o láske - a v našom osobnom mene zaznie, že je to informácia o láske smerom k nám.

V Zjavení Jána môžeme čítať o tom, že „kto zvíťazí, tomu dám jesť zo skrytej manny a dám mu biely kamienok, na kamienku napísané nové meno, ktoré nezná nik, iba ten, čo ho dostane." (Zjavenie Jána 2,17).

O akom víťazstve sa tu hovorí? O otvorenom zraku a sluchu pre Krista. A o akej skrytej manne ako skutočnom pokrme od Boha? O pokrme Božieho pokoja pre nášho ľudského ducha, ktorý si človek nedokáže pripraviť sám.

Božia láska je ozajstný, nefalšovaný pokrm, je skrytou mannou pre nášho ducha i našu dušu. To ona prekonáva putá hriechu, viny, pádu, omylu, práve tá láska, práve ona prekonáva každú prekážku, ktorú pred nás kladie neláska...

REDAKTOR
„Človek však má v kríze tendenciu chytať sa najprv človeka, nie Boha. Zaujíma nás bezprostredná, hmatateľná pomoc."

SPISOVATEĽ
To je pravda, ale práve ten, kto môže ľudsky najviac pomôcť, často nepomôže správne pokiaľ ide o väčší

časový rozmer, o tú finálnu časť rozhodujúcej plochy človeka a ľudského spoločenstva, na ktorej sa odohráva Boží súd s pripraveným darom Božieho stvoreného skutku pre nás.

Sú tu totiž vždy dve možnosti - ostať ohraničený v miere ľudského činu, alebo sa nechať preniesť do spôsobov a kvality Božích skutkov, Božej spravodlivosti.

Spomínam si na jednu okolnosť, keď som sa v ťažkej kríze svojho života mal obrátiť na človeka, ktorý mi ponúkol pomoc. Disponoval práve tým, čo mohlo byť pre mňa kľúčom, aby som sa dostal opäť *do príbehu, ktorý má zmysel,* aby som bol, ako sa zvyčajne hovorí, vnútri prosperity, ktorá rezonuje, ktorá je pre okolie čitateľná a prijateľná.

V knihe Prísloví som si však prečítal vetu, ktorej som nemohol uveriť: Daj si pozor - parafrázujem -, keď si sadáš za stôl s kráľom, ktorý má len ľudskú korunu. Daj si pozor, keď sedíš za stolom s panovníkom, s vplyvným mužom, s funkcionárom, s elitným manažérom, ktorý ti ponúka svoj úsmev, svoju dobrú vôľu i také prepotrebné možnosti na tvoju sebarealizáciu. V jeho ústach je totiž v skutočnosti jed. A v jeho ruke je zasa vražedná zbraň, ktorú teraz nevidíš.

„Keď si sadneš s panovníkom jesť, dobre si všímaj, čo je pred tebou, a nôž si prilož na hrdlo, ak máš veľkú chuť k jedlu. Nebaž po jeho lahôdkach, lebo je to klamný pokrm!" (Príslovia 23,1-2).

Keď som v kríze, volím si, samozrejme, človeka, ktorý vidí moju prázdnu a ochabnutú ruku. Ale rozhodujem sa pritom pre takého priateľa, ktorý vie o ploche, na ktorej sa deje Boží súd, spojený s darom dobrého stvoreného skutku.

Nie nadarmo vyslovil Izaiáš pre takéto chvíle aj tieto slová: „Jeho smútiacim stvorím ovocie pier. Pokoj, pokoj ďalekým i blízkym - vraví Hospodin - ja ho uzdravím!" (Izaiáš 57,18,nn).

Stvorené ovocie pier, to je stvorený Boží skutok pre nás, s ktorým sa môžeme priblížiť k tomu, kto je v našej blízkosti, ale aj k tým, ktorí sa nám zdajú byť vzdialení a cudzí.

Je to skutok, o ktorom môžeme hovoriť ako o ovocí, lebo nevznikol z nás - my sme ho iba v ľudskom teple ľudského srdca a ľudskej ruky podali ďalej.

Tomu sa hovorí zátišie ovocia, tichý hlas Božieho príklonu k nám, ktorý sa nedeje manifestačne, ani farizejsky na rohoch ulíc. Veľké náboženské slávnosti ešte nemusia byť veľké aj vo svojej podstate.

REDAKTOR
„Bolesť nás určitým spôsobom centralizuje do niečoho iného, než sme my sami. Je to pravda?"

SPISOVATEĽ
Áno, bolesť nás vytrháva z nás samých. Až priveľmi pevne sa totiž držíme vo vlastných rukách, ktoré sú pritom v súvislosti s nami samými paradoxne najslabšie.

Ide však o to, do čoho sa dáme zo seba vytrhnúť - a do čoho sa necháme vrhnúť. V prvom rade je tu Boží Syn, ktorý nám povedal: Vrhni sa k môjmu krížu! To znamená: Vrhni sa do Otcovho náručia. Pretože náručie Božie je v historickom čase nášho sveta konkrétne znázornené ako kríž Jeho Syna, na ktorom visí pre hriešneho, blúdiaceho človeka. Príbeh o márnotratnom synovi ma raz rozplakal nie preto, lebo ma dojala jeho krása a hĺbka, ale jeho Pravda: bolo to v čase, keď mi Boh odpustil to, čo by mi človek odpustil len ťažko, a ak predsa, tak veľmi nedôveryhodne... Ježiš na kríži ma však prijal aj v mojom najväčšom trápení, aj v mojom najsmutnejšom zlyhaní.

REDAKTOR
„Ako je to možné, že Boh je nám v našom historickom čase stále tak blízko? Denne, v každom okamihu? Kde je o tom dôkaz?"

SPISOVATEĽ
Je v prítomnom Ježišovi. Prostredníctvom Neho máme možnosť prichádzať do bezprostrednej Božej blízkosti. K Božiemu trónu.

„Preto aj môže dokonale spasiť tých, čo skrze Neho pristupujú k Bohu, keďže vždy žije, aby sa prihováral za nich. Takého veľkňaza sme aj potrebovali: svätého, nevinného, nepoškvrneného, oddeleného od hriešnikov, a vyvýšeného nad nebesá, ktorý nepotrebuje ako veľkňazi deň čo deň prinášať obeť najprv za svoje a potom za hriechy ľudu. Lebo urobil to raz navždy, keď samého seba obetoval." (List Židom 7,25-27).

My však dnes, po Kristovom vzkriesení, máme Jeho Ducha. Keď Ježiš po ukrižovaní a vzkriesení vystúpil k Otcovi, poslal nám do tohto času a priestoru svojho Ducha ako Osobu, ktorú nevidíme, ale v ktorej žijeme a s ktorou chodíme tak, ako chodili kedysi učeníci s historickým Ježišom - s Ježišom, dokiaľ bol v tele na zemi preto, aby za nás zomrel na kríži.

Duch Boží je tu teraz preto, aby všetkých, ktorí Ježišovi patria, pritiahol k Nemu.

To „priťahovanie" je naša každodenná cesta v Jeho, Kristových krokoch. Ich stopy, a to živé a dnešné, vidíme v Písme. Ozývajú sa k nám, hovoria - a Duch Boží nám tlmočí ich význam, zmysel, smer. Ale aj ich hĺbku, pôvab a realitu, prestúpenú už teraz Jeho kráľovstvom.

Často spomínam na ženu, ktorá *nevládala zložiť zo svojich pliec ťažké bremená starostí...*

Sedel som v autobuse na ceste k nej, s otvorenou Bibliou, v ktorej som si práve pre ňu podčiarkol slová:

„Preto aj my, keďže toľký oblak svedkov máme okolo seba, zložme všetko, čo nám je na ťarchu, i hriech, ktorý nás tak ľahko obkľučuje, a buďme vytrvalí v zápase, ktorý máme pred sebou. Hľaďme na Ježiša, Pôvodcu i Dokonávateľa viery..." (List Židom 12,1-2).

Tá žena, keď som vošiel do jej bytu, mala na stolíku otvorenú knihu s práve citovanými veršami...

Duch Boží nepozná prekážku v priestore a čase a k dvom, ktorí sa majú stretnúť, hovorí tou istou rečou v tom istom smere.

Duch Boží je prítomný a vždy aktuálny, hoci v prvom rade je nadčasový a večne trvajúci.

Je však osobný, živý, a je v ňom Božia moc, pod ktorou padá každá prekážka lásky tam, kde ju dvaja alebo traja, ktorí sa stretnú, chcú uplatniť.

REDAKTOR
Ďakujem. (pauza) Myslíte, že po hodinovej pauze budeme môcť nahrať aj poslednú časť? Ak ste fit, mohli by sme to skúsiť.

SPISOVATEĽ
Myslím, že to pôjde.

ÚTEK Z MESTA

REDAKTOR
Tretiu časť začneme opäť vaším úvodným slovom a potom pôjde, ako pred chvíľou, rozhovor. Tým to uzavrieme. Je dobre, keď to budeme mať v suchu. (usmeje sa) Človek nikdy nevie, však?

Televízne štúdio.
Kamera. Červené svetielko.
Záznam beží.

REDAKTOR
Vážení diváci, dnes večer náš cyklus *Útek z mesta* uzatvárame. Autor rovnomennej knihy sa v úvode poslednej časti tohto cyklu zamýšľa nad tým, čo zvykneme nazývať vnútornou motiváciou nášho života. Ale: vieme ju sami v sebe bližšie špecifikovať? Posúďme, ako sa s touto otázkou vyrovnáva človek, ktorého profil sme vám v našej relácii pripravili v rámci jeho najnovšieho diela: *Útek z mesta*.

POZNÁMKA

Tretia časť cyklu rozhovorov sa nezachovala. Jej nahrávka za nevyjasnených okolností zmizla. V osobnom archíve redaktora však zostali otázky, na ktoré spisovateľ odpovedal.

1. „Môžu inštitúcie, ktoré by mali človeku slúžiť, človeka ohrozovať?"

2. „Myslíte, že inštitučná cirkevná mašinéria prijíma ´argumenty Ducha´? Prijíma Božie Slovo tam, kde Jeho moc odhaľuje v prvom rade jej pády, jej hriechy?"

3. „Mnohé inštitúty a inštitúcie často vyvíjajú na jednotlivca tlak, aby aj vo svojich najjemnejších duchovných polohách prijal ich uhol pohľadu a ich spôsob sociálnej liečby, a nie ten, ktorému verí v pôsobení Ducha Božieho prostredníctvom Slova Písma on sám. On ako časť Kristovho tela, a to v rámci Jeho vplyvu a moci. Dá sa s tým niečo robiť? Je tu možná zmena?"

4. „Zápas o čistotu a pravdu sa nedeje izolovane, iba v jednej oblasti nášho života. Naopak, zasahuje nás komplexne, preto je ťažký. Kto v ňom obstojí? Ako sa naň môže kresťan, Kristov vojak, pripraviť?"

5. „Spomenuli sme zdvojenie, možno strojnásobenie útokov voči kresťanovi v situácii, keď nekompromisne odhaľuje dvojtvárnosť inštitučnej, zákonnej normy v podaní jej svojvoľného, autokratického služobníka. Neklesne napokon kresťan v takom boji na mysli, na duši i tele? Nevzdá svoj duchovný boj? Otvorí svoje ústa pre reč Slova živého aj v situácii, keď je už takmer umlčaný?"

Záznam predchádzajúcich nahrávok nebol odvysielaný a dosiaľ je uložený v televíznom archíve.

O autorovi

Miroslav Halás sa narodil 2. mája 1954 v Michalovciach v rodine protestantského farára. Detstvo prežil v Bežovciach, v dedinke na východe Slovenska. Ako dvadsaťročný odchádza z rodnej fary do štvrťmiliónového veľkomesta – do Košíc. Tam sa zamestnáva v divadle ako elév dramaturgie. Vystriedal viacero zamestnaní. Pracoval ako robotník vo Východoslovenských železiarňach v Košiciach, neskôr ako redaktor Československého rozhlasu a potom ako redaktor Slovenskej televízie v Košiciach. V roku 1989 prežíva biblické znovuzrodenie. Stretnutie s Ježišom Kristom mu otvára úplne iné obzory života. Prijíma nové poslanie - stáva sa kazateľom misijnej Putujúcej cirkvi. Svedeckú výpoveď o tom podáva kniha „*Znovuzrodenie*" a v súčasnosti najmä príbeh o misii jeho syna, dcéry a manželky v zahraničí pod názvom „*Krajina vzdialených čajok*". (V angličtine pod názvom „*Land in the Distance*").

Made in the USA
Lexington, KY
17 March 2014